『新緑色のスクールバス』 目次

●主な登場人物のプロフィールと、これまでの歩み

第一作『若草色のポシェット』以来、登場人物たちは、一年一作の刊行ペースと同じく、一年ずつリアルタイムで年齢を重ねてきました。

杉原爽香《すぎはらさやか》……四十歳。中学三年生の時、同級生が殺される事件に巻き込まれて以来、様々な事件に遭遇。大学を卒業した半年後、殺人事件の容疑者として追われていた明男を無実と信じてかくまうが、真犯人であることを知り自首させる。十三年前、明男と結婚。四年前、長女・**珠実**《たまみ》が誕生。仕事では、高齢者用ケアマンション〈Pハウス〉から、**田端将夫**《たばたまさお》が社長を務める〈G興産〉に移り、老人ホーム〈レインボー・ハウス〉を手掛けた。昨年までカルチャースクール再建のプロジェクトに携《たずさ》わり、講師に**高須雄太郎**《たかすゆうたろう》を招聘《しょうへい》。

杉原明男《あきお》……旧姓・丹羽《にわ》。中学、高校、大学を通じて爽香と同級生だった。大学時代に大学教授夫人を殺《あや》めて服役。その後〈N運送〉に勤務。十二年前に知り合った三宅舞から、今に至るまで好意を寄せられている。昨年交通事故に遭い……。

杉原充夫《みつお》……借金や不倫など、爽香に迷惑を掛けっぱなしの兄。四年前脳出血で倒れ、現在もリハビリ中。十一年前に別れた**畑山**《はたやま》**ゆき子**《こ》と病院で三年前に再会。現在は家族とともに実家で、母・**真江**《まさえ》と同居。

杉原綾香《あやか》……杉原充夫、**則子**《のりこ》の長女。一昨年、**森沢澄江**《もりさわすみえ》の誘いで高須雄太郎の秘書に。妹の**瞳**《ひとみ》、弟の**涼**《りょう》たち家族の生活を支えている。

浜田今日子《はまだきょうこ》……爽香の同級生で親友。美人で奔放《ほんぽう》。成績優秀で医師に。三年前に出産。

三宅《みやけ》　**舞**《まい》……大学生のころスキー場で知り合った明男に思いを寄せ続けている。一度、結婚するが破局。一昨年、リン・山崎と知り合う。

栗崎英子《くりさきひでこ》……往年の大スター女優。十六年前〈Pハウス〉に入居して爽香と知り合う。その翌年、映画界に復帰。

河村太郎《かわむらたろう》……爽香と旧知の元刑事。現在は民間の警備会社に勤務。爽香たちの中学時代の担任、**安西布子**《あんざいきぬこ》と結婚。天才ヴァイオリニストの娘・**爽子**《さわこ》と、長男・**達郎**《たつろう》の他、捜査で知り合った**早川志乃**《はやかわしの》との間に娘・**あかね**がいる。

リン・山崎《やまざき》……爽香が手掛けたカルチャースクールのパンフレットの表紙イラストを制作。爽香とは小学校時代の同級生。爽香をモデルにした裸婦画を描いた。

中川《なかがわ》　**満**《みつる》……爽香に好意を寄せる殺し屋。

――杉原爽香、四十歳の冬

1 敵

どこにいる……。

——その男は捜していた。

どうせ殺されるのなら、そうだ、じっと待ってなんかいないで、こっちから行ってやる。

さあ、俺はここにいる！

出て来い！　卑怯《ひきょう》だぞ！

そうだ。あのビルの屋上にも、あの横断歩道の向う側にも、ガラス張りのパン屋の中にも、「奴《やつ》ら」はいる。

その視線を、男はもう何日間も感じていた。いつもつけ回し、監視し続けている「目」の存在を、分っていた。

男は、周囲をのんびりと歩く若い男女を眺めて、時に苛々《いらいら》し、時に憐《あわ》れんだ。

何も気が付かないのか。いつも俺たちを見張っている奴らのことに。

俺は知ってる。そうなんだ。知らないでいたら、どんなに幸せだったろう。しかし、知ってしまったら最後、もうそれが頭から消えることはない。

一日二十四時間、一年三百六十五日、常に自分を監視している者の存在。それは空の太陽のように、直接見ることはできなくても、間違いなくそこにある。

――汗がこめかみを伝い落ちた。

この寒空の下、枯葉が足下に踊っている時期なのに、汗がふき出してくる。

恐怖だ。いくら覚悟を決めているといっても、やはり死ぬのは怖いのだ。

つい、足取りが遅くなっていたのだろう。追い越して行く若者が肩に突き当って、危うく転びそうになった。

一瞬、ヒヤリとした。ナイフが心臓にまで刺さっているような錯覚に陥《おちい》ったのである。

しかし、何でもなかった。自分に突き当って行った若者は、「暗殺者」ではなかったのだ。

だがその若者は彼の方を振り返り、

「何をノロノロ歩いてやがんだよ!」

という言葉を叩《たた》きつけたのである。

その言葉は、目に見えないナイフとなって彼の胸を抉《えぐ》った……。

足を止め、周囲を見回す。

――冬の昼下《ひざ》り。日射しはあって、凍えるような寒さというわけではないが、それでも吹く風は冷たい。

人々は忙しく右へ左へ歩き続けている。それが人生というものだ。

そうだ、こうして立ち止っているのは、「生きていない」ということなのだ。

そうか。俺はもう殺される前に、死んだも同然なのかもしれない。

それでも肉体の死は恐ろしい。死に至るまでの苦痛を想像すると、じっとりと脂汗がにじむほどだ。

そして——情けないことだが、恐怖から逃げるための唯一の方法、たった一つの「シェルター」は、あの笑顔、滝《たき》井《い》縁《ゆかり》の暖かく包み込んでくれるような笑顔なのだった……。

あの笑顔が、自分だけに向けられるものだったら……。その夢を、彼は毎夜寝床の中で見ているのだ。

「——有本《ありもと》さん？」

突然、その声は背後から聞こえて来た。

まさか！——これは幻聴だ。きっとそうだ。

こんな所に、彼女がいるわけはない。そうだろう？

「有本さん、何してるの？」

目の前に、滝井縁が立っていた。

「ああ……。君か」

「いやね、私の顔、忘れた？」

「そんなことないさ！　もちろんだよ」

有本哲也《てつや》は、やっと引きつったような笑顔を作った。

こんな所で、しかも正に彼女のことを考えているときに、当人に出会うなんて！

「今日は一日外出だったわね」

と、滝井縁は言った。

「君は――どうしてここに？」

「おつかいよ。部長に言われて」

と、縁は分厚い封筒を抱えていた。「これ、何だと思う？」

「さあ……。仕様書かい？　新しい製品の」

「だったら、私も喜んで取りに行くんだけどね。これ、ゴルフコンペの案内状」

「ああ……。月末の？」

「そう。今日仕上ってるはずだから、取って来い、って。今日会うお客に渡すらしいわ」

と、縁は肩をすくめた。

「ご苦労様だね」

「有本さん、どこへ行くの？」

「いや……。社へ戻る途中さ」

と、有本は出まかせを言った。

「あら、そう。じゃ、一緒に行きましょう」

「うん……」

もちろん、縁の言葉や笑顔に特別な意味はないのだ。

そう。——たまたま表で出会った「同僚」の一人、というだけだ。

横断歩道で、信号が青になるのを待っていると、

「——有本さん。甘いもの、好き？」

と、縁が言った。

「甘いもの？」

「お酒、あんまり飲まないから、もしかして甘党かなと思って」

「ああ。——好きだよ」

「じゃ、そこのケーキ、食べて行きましょうよ！」

と、縁は少し先の可愛《かわい》い色のひさしの方を見て、「今、女の子たちに人気なの」

「いいね。君も好きなの？」

「もちろんよ！」

有本は、滝井縁のことを何も知らなかった、と思った。

唯一の逃げ場が、彼女の胸だと思いながら、彼女の好みさえ知らずにいた。

「——こんな時間だと空《す》いてるわね」

明るい店内に入り、席につく。「いつもは混んでて並ぶのよ」

「そうか……」

正直、クリームの山盛りになったケーキなど、有本は見ただけで胸やけしそうだ。しかし、縁の楽しそうな様子を見ていられるだけで幸せだった。

「有本さんって、人付合いが嫌いなの？」

と、訊《き》かれて戸惑った。

「どうして？」

「だって、お昼もほとんど一人でしょ。それに、誰かと飲みに行ったとも聞かないから」

「ああ、そう……。まあ、面倒っていうのかな」

と、有本は言った。「変り者って言われてるだろ？」

「人がどう言おうと、私は気にしないわ」

縁はきっぱりと言った。

有本は胸が熱くなった。――こんなすてきな子が、今僕と話している！

有本哲也は三十四歳。〈M地所〉という不動産業者に勤めている。――仕事は経理。といって、会計業務に詳しいわけではない。

特に志望して入社したというのではなく、あちこち受けたら、ここにしか受からなかったのである。

営業に何年かいたが、顧客に愛想よくしたりすることが苦手で、胃を悪くした。社内の部署を転々として、今は経理にいる。

——有本は、自分のことを会社が「お荷物」と思っていることを知っていた。

そして、半年ほど前のことだ。

突然気が付いたのである。——自分が誰かに狙われていることに。

「有本さん、テニス、やらない？」

と、縁が訊いた。

「——え？」

「テニス。私、会社のテニス同好会のメンバーなの」

そんなものがあることすら知らなかった。

「今度の週末に、軽井沢《かるいざわ》で合宿するの。一緒に行かない？　楽しいわよ」

「テニスか……」

「嫌い？」

「いや……。好きも嫌いも……。やったことがない」

「そんなの平気よ。素人の集まりだもん。向うで球を打ってると気持いいわよ」

軽井沢。テニス。——そういうことか。

「何かおかしい？」

「いや、ちっとも」

変だと思っていたのだ。こんなことが起るわけがない。滝井縁が僕のことを誘ってくれるなんて。

こういうことだったのか。テニスの合宿に行く人間を捜していたのだ。手近にいたのが有本だった……。

「もう何か予定が入ってる?」

と、縁が訊いた。

予定か。——びっくりするだろうな。それまでに僕は殺されてるかもしれないんだよ、って言ったら。

「別に予定はないけど……」

「じゃ、行きましょうよ! ね?」

やめておけ、と有本の「内なる声」が言った。お前はどこにも居場所がなくて、恥をかいた挙句《あげく》、彼女にも嫌われることになる。

分っていた。結果は、ハイビジョンのTVで見ているように、はっきりと目の前に見えていた。

だが——少なくともその間、縁のそばにいられる。その思いの誘惑は、思いがけず強かった。

「うん、いいよ」

と、有本は言っていた。

「良かった！　嬉《うれ》しいわ」

縁の笑顔が輝くようだ。

それを見られただけで、有本はあらゆる屈辱に耐えられそうな気がした。

「このケーキ、おいしいね」

とさえ言っていたのである。

だが不意に有本の顔がこわばって、

「あいつだ」

「え？」

「ほら、外に——。こっちを見てる」

縁は振り返った。

「——外？　誰もいないわよ」

「いや、今まで立ってたんだ。こっちをじっと見てた」

「誰か知ってる人？」

「あ……。いや、いいんだ」

まさか言えやしない。あれは「死」なんだ。僕には「死」が取りついているんだよ、なんて……。

縁は別に大したことだと思わなかった様子で、

「じゃあ、テニス合宿の集合時間とか、詳細を書いた紙があるから、後で渡すわね」

「ありがとう」

「メールで送った方がいい？　私の下手な字で書いた手紙とどっちがいい？」

と、縁はいたずらっぽい口調で訊いた。

「君の字でもらうよ」

「わあ、ありがとう！　優しいのね、有本さん」

明るい口調が、有本の胸をしめつけた。

そうだ。この人は俺と一緒に来てくれるかもしれない。俺が殺されるとき、道連れにして行くべき相手なのかもしれない……。

俺は一人じゃないんだ。

そう思っただけでも、有本の心はいささか慰められた……。


「有本を？」

と、顔をしかめて、「あんな奴、どうして誘ったんだ？」

「誰でもいい、って言ったじゃないの」

と、縁は言った。

「言ったけど……。あいつはちょっとな」

首をかしげたのは、テニス同好会のリーダーをしている同僚の赤垣《あかがき》だった。

「もう誘ったんだから、今さら遠慮してとは言えないわよ」

「分った」

と、肩をすくめて、「ま、当日までに奴が断ってくるかもな」

「いいじゃない。おとなしい人よ」

縁は来客に出すお茶を淹《い》れて、盆にのせて行った。

赤垣は、苦々しげに、

「有本か……」

と呟《つぶや》いた。

社内では完全な「落ちこぼれ」の有本である。赤垣は、そんな有本に同情している縁の気が知れなかった。

もちろん、その同情が恋に変るなんてことは有り得ないが……。

赤垣は、有本が時々じっと縁を見つめていることを知っていた。

そして赤垣自身、縁に何度かデートを申し込んで振られているのだった。

「許さないぞ……」

あんな奴に縁を取られてなるものか。

――赤垣は、自分の机に戻ろうとして、有本の机の前を通った。

有本は外出しているようだ。

机の上に、一枚の紙が置かれていた。

縁の字だ。〈ご案内〉か。

テニス合宿の案内だ。赤垣ももらっているが、有本にあてた一枚には、

〈有本さん、大歓迎よ! 楽しみましょうね!〉

と書き添えてあった。

縁のこんなやさしい言葉は、有本にはもったいない。

赤垣はムッとして、その手紙を取り上げた。

そして――ふと思い付くと、チラッと左右へ目をやり、〈集合 S駅11番ホーム 午前8時〉

とあるところへ、ボールペンで、〈11番ホーム〉の〈11〉を、〈14〉に書き直してしまった。

もちろん、今はケータイもある。

しかし、誰も来ないホームでポカンと突っ立っている有本を想像すると、おかしかった。

赤垣は何くわぬ顔で、自分の机へと戻って行った……。

2 模索

「チーフ、まだ大丈夫ですか?」

と、久保坂《くぼさか》あやめが訊く。

「ええ」

杉原爽香《すぎはらさやか》はちょっと時計を見て、「そろそろね」

「もう行って下さい。ここは大丈夫ですよ」

あやめの言葉はありがたかったが、甘えてはいけない。

「スタートするまでは見届けないと」

と、爽香は言った。

「ここは寒いですよ。中に入ってて下さい」

「大丈夫。ちゃんと下着、余計に着込んでるの」

と、爽香は言ってウインクして見せた。

——新しいショッピングモール。

話題になっている間は良かったが、今の都会っ子は飽きっぽい。数か月しない内に、たちまち客足は落ち、入っている店の中には、早くも出て行こうかという所も現われている。

「何か新しい企画で、もう一度客を呼びたい」

というのが、このモールの商店会。

しかし、爽香としては、

「打ち上げ花火みたいなことでは、客は戻りませんよ」

と、ちゃんと言ってある。

一年二年は赤字に耐えて、「いい店が多い」という評判で客が来るようでなければ、とても無理なのだ。しかし、経営する方からは、

「そこを何とかしてほしいから、頼んでるんじゃないか!」

と怒鳴られたりする。

気持は分るが、昨今人を集めるのは容易ではない。

オープンの時間まで十分。

「集まって来てます」

と、あやめが言った。「うまく行きそうですね」

オープン前に人が集まっているのはいい傾向だ。しかし、子供連れの母親としては、十分間でも北風にさらされて、子供が風邪でもひいては、と心配だろう。

「早いけど、中に入っていただくように言って」

「分りました」

あやめが駆け出して行く。

久保坂あやめは本当に爽香を支えてくれている、貴重な部下だ。

あやめはすぐに戻って来たが、渋い表情で、

「どうしても、十時にならないと開けないって言ってます」

「あの『お役人』？」

「ええ、そうです」

爽香はためらわずケータイを取り出して、このショッピングモールの管理会社の社長へかけた。

「おはよう。どんな具合だ？」

眠そうな声である。

実は社長といっても、モールを開発した不動産会社の会長の息子。まだ三十七歳と、爽香より三つも年下である。

「十時にはお客様をお迎えして下さい」

と、爽香は言った。「当然いらっしゃると思っていました」

「うん……。行こうとは思ってたんだけどね。ゆうべ、大学時代の友達と飲んでて遅くなっ

たんで……」

「私に言いわけしないで下さい。それから、今、北風の中で開くのを待っているお客様がおいでです。すぐ開けて下さい」

「そう言ってくれよ、君から」

「聞いてもらえないからお電話しています」

「ああ……。分った。永松《ながまつ》だな」

と、清原宏《きよはらひろし》は言った。「すぐ電話するよ」

「よろしく。急いで下さい」

爽香は電話を切った。

一分後、モールの正面入口が開いた。

すでに三十人近い客が集まっていたので、みんなホッとした様子で中へ入って行く。

「チーフ」

と、あやめが言った。

「私たちも入りましょ」

「ええ。でも──いいんですか？」

「店がちゃんと開いたのを見届けたら行くわ」

爽香とあやめがモールへ入って行くと、

「いらっしゃいませ」

と、並んだ女性たちが出迎える。

「ご苦労様です」

と、爽香は言って息をついた。

最初に入った客はどこへ流れるか、それを調べるために、モール内の各所に人が配置されている。

「おはようございます」

爽香が挨拶《あいさつ》したのは、「お役人」のニックネームの永松圭介《けいすけ》である。

爽香を無視して、聞こえなかったふりをする。——清原から「早く開けて客を入れろ」と言われたのは、爽香のせいだと分っているのだ。

相手にしていても仕方ない。

爽香はモールの中を奥へと進んで行く。

十時開店とうたっている以上、客が入って来たときには開店準備を終っていること。——当然のようだが、少し前までは、実際半分近い店が十時に接客できる状態ではなかったのである。

「おはようございます」

と、爽香にニッコリ笑って声をかけてくれる人もいる。

「チーフ」

と、あやめが言った。「もう行かれた方が……」

「うん。ありがとう。後は頼むね」

「はい、任せて下さい」

爽香は足を止め、

「ここからだったら、途中の出口から出た方が早いわね」

「そうですね。その先の――」

「そうするわ」

と、爽香は肯《うなず》いて、あやめと離れ、一人モールの〈西口〉へと向った。

〈北口〉とか〈西口〉とか、駅の改札口みたいな味気ない名前のつけ方も変えた方がいいのではない、と思っていたが、取りあえずこのイベントのことで手一杯だった。

雑貨の安売り店の前で、品物を並べている女性がいた。爽香のような素人が見ても、あまり手際が良くない。

大方、パートの主婦なのだろう。店の中から出て来た男性が、

「そんなんじゃだめだって言ってるだろ！」

と、叱る。「ラベルが手前に。――ね、そうでなきゃお客にゃ分らないんだ」

「すみません」

と、顔を真赤《まつか》にして汗をかいている女性が謝った。「順序はこれで……」

「うん、いいよ。もう少し手前に持ってこられないか？」

爽香は足を止めていた。

あの女性は……。確かにそうだ。

「いらっしゃいませ」

と、爽香に気付いた店長の男性が言って、「ああ、杉原さん。こりゃどうも」

と、会釈《えしやく》した。

「おはようございます」

「もう人が出てますね。いいことだ」

「うまく行ってくれるといいですね」

店の奥から、

「店長、電話です」

と呼ばれて、

「失礼します。――誰からだ？」

と、店の中へ入って行く。

爽香は、その女性と向き合っていた。

「――まあ、奥さん」

と、その女性は頭を下げて、「こんな所で……」

「直江《なおえ》――輝代《てるよ》さんでしたね」

と、爽香は言った。「このお店に？」

「はい。パートで、昨日来たばかりです」

と、かすかに笑みを浮かべ、「この年齢ではなかなか正規の勤めは難しくて……」

「そうでしょうね」

爽香は肯いて、「お子さんたちは……」

「何とかやっております」

「そうですか」

それ以上話をするにも、色々と考えなければならないことが多過ぎた。爽香は、

「では。――お元気で」

と、会釈して行きかけたが、

「あの……ご主人様はいかがですか」

と、思い切ったように輝代が訊く。

「はい。今は事務の仕事をしています」

「そうですか。本当に……申し訳ないことをして……」

「仕方ないことですわ」

と、爽香は言った。「人間、どんなに気を付けていても、疲れには勝てないものです」

――爽香の夫、明男《あきお》のトラックに突っ込んで来たのは長距離トラックで、ドライバーは丸一日ほとんど睡眠を取っていなかった。

一瞬の睡魔。ほんの数秒だったろうが、そのときUターンしようとしていた明男のトラックへと激突したのだ。

潰《つぶ》れた車体に右足を挟まれて意識を失っていた明男は、一、二分で気が付いた。付近の住人が駆けつけて、明男を何とか引っ張り出してくれたが、もう一台のトラックは衝突した後、弾《はじ》かれるようにして一軒の家に突っ込んでいた。

ガソリンが洩《も》れて、引火する危険があった。明男は、消防車と救急車を頼んでくれと助けてくれた人に言って、後は苦痛で言葉にならなかった。

トラックが炎上しなかったのは幸運だったが、もう一台のトラックのドライバーは、消防車が来て隊員が何とか運び出したとき、血だらけで全く意識がなかったのである。

直江作治《さくじ》というのがドライバーの名前だった。――入院して三日目に意識が戻ったが、警察の尋問に、「居眠り運転していた」ことを認めたのだ。

右足の骨折で何とか済んだ明男と違って、直江はハンドルにぶつかって内臓をやられていた。

明男の病室に、直江の妻の輝代がやって来たときのことを、爽香は忘れられなかった。

「主人の不注意で……。本当に申し訳ありません」

涙ながらに詫《わ》びる輝代に、爽香も明男も、恨みをぶつけることはできなかった。小規模な運送会社での、無理なスケジュール。

「ご主人も被害者ですよ」

と、明男が言うのを聞いて、輝代は泣きながら何度も頭を下げた。

しかしそのとき、病室のドアが開いて看護師が息を弾ませ、

「直江さん！　ご主人の容態が」

と言った。

輝代について、爽香も直江の病室へと向った。——ただごとでないのは、爽香にも分った。あわただしく看護師が出入りし、機械が運び込まれる。廊下には、なすべもなく、二人の子供が立ちすくんでいた。

十六歳の女の子と、十三歳、まだ中学生の男の子である。

長くはかからなかった。——十五分ほどして、病室の中からワッと泣きながら、輝代が飛び出して来たのだ。

「お父さんが……」

とだけ言って、輝代は床に座り込んでしまった。

二人の子供は母を挟んで、抱き合って泣いた……。

爽香は明男の病室に戻ると、

「亡くなったわ」

とだけ言った。

「そうか」

爽香は明男の手を握りしめて、

「生きててくれてありがとう」

と言った。

「しかし、こっちも大変だぞ」

「うん」

「また運転できるかな……」

「他の仕事を見付けましょうよ」

「うん。――でもなあ、当り前の事務じゃ給料は知れてる」

「そんなこと、考えるのは治ってからよ。今は早く良くなって」

爽香は明男に素早くキスした。

そして……。あれから一年以上たって、爽香は直江輝代と出会ったのである。

輝代は四十五、六のはずだが、髪はほとんど白くなり、十歳も年を取ったように見えた。

爽香は、モールを出てバス停へと向った。

日々、何件も起っている交通事故。その一つ一つが、何人もの人々の人生を狂わせていくのだ。

北風が吹きつけて、爽香は首をすぼめた。

急がなくては……。

約束の時間にはぎりぎり間に合うかどうかだった。

3　立ち聞き

「ちょっと考えりゃ分るじゃない」

「ねえ、そうよね。何で軽井沢行くのに、そんな変なホームに集合するの？」

笑いが起った。

「有本さんって、変な人！」

と、若い子が言うと、また笑いが弾けた。

「私が書き間違えたのよ。ごめんね、有本さん」

と、滝井縁が言った。「でも、ちゃんと遅れないで乗れたんだから」

「そうそう！　はい、ビール！」

――列車の指定席では、早くも宴会気分のグループがあちこちにいた。

土曜日の朝、有本は縁のメモ通りに待ち合せのホームへ行った。〈11〉を〈14〉と書き直されていることなど、むろん全く知らずに……。

しかし、縁が列車の時間に余裕を持って集合時間を決めていたので、ケータイで有本へ連絡を取り、かなりすれすれではあったが、〈テニス同好会〉の一行は予定通り出発できた。

駆けつける有本は、かなりみじめな気分だった。乗り遅れたら、何と言われるか――。

そしてホームへ何とか間に合うタイミングで駆け上ったところで、有本はみごとに転んでしまったのだ。

ところが――何が幸いするか分らないもので、それまで、

「本当にドジなんだから」

と、ブツブツ不平を言っていた若い女の子たちが、有本の転ぶのを見て大笑いとなり、却《かえ》って有本は「受け容《い》れられて」しまったのである。

アルコールに弱い有本だったが、ちょっと無理をして缶ビールに口をつけ、すぐ真赤になって、また笑われた……。

しかし、いつもなら、女の子たちに笑われたら、耐えがたい屈辱に感じるのに、今日ばかりは笑われることも快感だった。「ドジで不器用な三十過ぎのおじさん」を演じていれば喜ばれるという、初めての経験をしていたのである。

そんな有本を、列車の中でも滝井縁は暖かな眼差《まなざ》しで見ていた。若い女子社員たちが、有本を面白がって扱っているのを見てホッとしていたのだ。

「――もうすぐ軽井沢ね」

と、女の子が言った。

「ちょっとトイレに行ってくる」

縁は席を立った。

その前にトイレに立っていた有本が手を洗っていた。

「有本さん、ごめんなさいね。私が間違えちゃって」

と、縁は声をかけた。

「ああ、ちっとも」

と、ハンカチで手を拭いて、「僕の方だって、少し考えりゃ良かったんだ」

「でも、楽しんでる？」

「うん」

と、有本は肯いて、「楽しいもんだね、こういう旅行も」

「良かったわ」

と、縁は微笑《ほほえ》んだ。

「でも、迷惑かけなきゃいいけどな」

「迷惑って？」

「テニスなんか、全然できないよ」

「みんな、この合宿のときしかやらないのよ。誰だって同じ」

「そうかな」

「無理しないで。くたびれたら部屋で寝てたっていいのよ」

「ありがとう。気が楽になるよ」

こんな風に縁と話せるなんて！――有本にとっては夢のような出来事だった。

「あと十分くらいで着くわ」

「うん。女の子たちの荷物、持とうか」

「それじゃ、北山《きたやま》さんの、持ってあげて。彼女、腕を痛めてるの」

「分った」

有本が席へ戻って行く。

縁がトイレを出て手を洗っていると、

「おい」

赤垣がいつの間にかそばにやって来ていた。

「どうしたの？」

「あいつと何話してたんだ？」

「あいつって、有本さんのこと？　別に……」

「気を付けろよ。ああいう奴は親切にするとつけ上るぞ」

「何も個人的にお付合いしてるわけじゃないわ」

「当り前だ。――ま、いいけどな。テニスでうんとしごいてやる」

緑は黙って席に戻ると、棚から自分のバッグを下ろした。

有本に渡したメモを赤垣が書き直したのだということ。緑には察しがついていた。

しかし、赤垣に文句を言えば、赤垣は有本に当るだろう。緑は黙っていることにしたのだ。

「いいお天気ね!」

と、外を見て、女の子の一人が言った。

そう。――確かに、よく晴れた週末になりそうだった……。


爽香が駆けつけたとき、校門から明男が出て来るのと出くわした。

「明男。――もう済んだの?」

と、息を弾ませ、「ごめんね。〈モール〉の開店を見届けてから出たら、こんなになっちゃって……」

「走って来たのか? 凄《すご》い汗だぞ」

と、明男は笑って、「子供じゃあるまいし、俺一人で大丈夫だ」

「そうだけど……」

爽香は、足を止めるとまた汗が出て来て、ハンカチで拭きながら、「お話できたの?」

「うん。来週から来てくれって」

明男があまりアッサリ言うので、爽香はちょっと面食らって、

「じゃあ……働かせてくれるって？」

「月曜日の朝には運転しなきゃいけないからな。明日の日曜日に、教えてもらう。車にも慣れないと」

「そう……。良かったね」

爽香は肯いて、「ちっとはいいこともないとね」

と言った。

「スクールバスだ。時間通りに、だけどやさしく運転しないとな」

「今度は荷物じゃなくて人間を運ぶからね」

「それも子供だ。――まあ、ルートは毎日同じだけどな」

と、明男は言った。「地図やカーナビで、配達先の家を捜して回るってこともなくなるな」

「その代り、子供たちを乗せるんだから」

「うん分ってる。――責任もある」

「頑張って」

爽香は明男の腕を取った。

「おい、昼飯食ってないんだ。久しぶりにその辺で食べるか」

「うん」

まだ昼食時間には少しあった。土曜日なので、ランチタイムといっても、特にメニューが

ないレストランだったが、

「——ホッとしたら、私もお腹空《なかす》いた」

と、爽香は席について言った。

「田端《たばた》さんによろしく言ってくれ」

「いつも充分働いてるよ」

と、爽香は言ったが、もちろん口をきいてくれた礼を言うのを忘れることはない。

「ちょっと電話する」

オーダーをすませると、爽香は席を立って、レストランの出入口辺りに行った。

〈Hモール〉のその後の様子が心配だったのである。

「——あ、あやめちゃん？　どう、そっちは？」

「ええ。ちょっと客足、伸びなかったんですけど、十分前ぐらいから、小さな子供さん連れたお母さんたちがドッと。——セールのせいでしょうけど」

「分った。よく見ててね」

「で、ご主人様は？」

「うん、採用された」

「良かった！」

あやめが我がことのように喜んでくれる。

「明日、訓練ですって」

「スクールバスですものね。母親がきっと色々うるさいんじゃないですか」

「やってみないと分らないわ。でも、ともかくハンドル握《にぎ》れて良かった」

机に向って仕事をするのは、明男に合わないのだ。脚が治らない内はそれでも我慢していたが、今は少し引きずるくらいで、ほとんど良くなっている。

「運転がしたい」

という思いが、明男を苛立《いらだ》たせていた。

しかし、以前のような配送の仕事は難しかった。お中元やお歳暮の時期には、荷物を持って、走り回らなくては間に合わない。

アパートやマンションの階段を上り下りするのは、やはり難しかった。

田端が、知り合いの学校経営者からスクールバスのドライバーを探していると聞いて、紹介してくれたのだ。

「あ、それでチーフ」

と、あやめが言った。「さっき、やっと清原さんがみえたんですけど」

「呑気《のんき》ね」

「チーフと話したいみたいです」

「じゃ、電話するわ」

「今日はもうチーフ、ここには戻らないってことは言ってあります」

「ありがとう。夕方には社へ戻るから」

「はい」

爽香は、ケータイで清原にかけた。


先に、と頼んだコーヒーを飲んでいた明男は、ポケットでケータイが鳴って、

「もしもし」

「メール、読んだわ。良かったわね」

三宅舞《みやけまい》である。

「うん。ありがとう」

「でも――本当言うと、もう車は運転してほしくないけど」

「大丈夫さ。スクールバスだ。毎日同じ道を行ったり来たりさ」

「でも、車には変りないでしょ」

「毎日机に向って働いてるなんて、体が悲鳴を上げるよ」

「あなたが喜んでるなら、それでいいわ」

と、舞は言った。「今、一人？」

「爽香と食事してる。今、爽香は電話しに外に出てるよ」

「そう……。一度ゆっくり話したいわ」

「いいけど……。明日、バスの訓練があって、終りが何時か分らないんだけど」

「じゃ、早く終ったら連絡して。どこか近くへ行ってるわ」

「うん、そうしよう」

「それじゃ――」

明男がケータイを切ってポケットへ入れると、爽香が戻って来た。

「何かあった？」

と、明男が訊いた。

「まあ無事みたい」

と、爽香は腰をおろして、「あやめちゃんに任せておけば大丈夫」

「いい子だな」

「ああいう部下を持つと、楽だわ」

もちろん、あやめだっていずれ恋をして、結婚もするだろう。いつまでもあてにしていてはいけない。

料理が来て、二人は食べ始めた。

――爽香は、明男が三宅舞と話しているのを、店に入ったところで聞いていた。

荷物を配送する仕事をしていた明男は、自分ではあまり分っていないが、話し声が大きいのだ。

「明日は何時？」

と、爽香は訊いた。

「朝十時に校門の所で待っててくれる」

「じゃ、そう早く出なくってもいいわね」

「うん。――帰りは何時になるか分らないな。ちゃんと道を憶《おぼ》えないと」

「帰りがあんまり遅いようだったら、電話して」

「分った」

明男は三宅舞と話をするのが気晴らしになっているようだった。デスクワークで苛立っている時期、おそらく舞と会っていたのだな、と思うことがしばしばあったが、爽香は何も言わなかった。

浮気しているわけではなく、話し相手に女性がいても構わない、と思っていたのだ。むろん、全く気にならないと言えば嘘《うそ》になるが……。

事故で明男が入院している間、舞は週に二度は見舞に来ていた。爽香が仕事で、昼間は病院にいられないので、明男にとってもそれは嬉しかったようだ。

舞も別に隠れて来るのではなく、たまには爽香と顔を合せることもあった。

二人とも大人だ。当りさわりのない話をして過したが、爽香には舞が、「どうして明男だけが、刺されたりけがしたりするの？」と腹立たしく思っていることが感じられた。

むろん舞も、明男の「過去」はよく知っている。

しかし、ちゃんと罪を償《つぐな》っているのだから、

「奥さんに遠慮することないわ」

というのが、舞の気持だろう。

しかし、爽香にとっては大切な夫である。

舞の不満が明男に伝染しないか、と気になることもあったが……。

「――あ、電話だ」

爽香はケータイを取り出した。「栗崎《くりさき》様だわ。何かしら？　――はい、杉原でございます」

明るい声で、爽香は言った。

4　交　錯

「大丈夫？」

と、滝井縁が訊いた。

「もう脚の筋肉が痛いよ」

と、有本は笑って言った。

「頑張らなくていいのよ」

と、縁は言った。「明日も朝食前のランニングなんて、やらない子の方が多いんだから」

——夕食前、大浴場で疲れをいやして出て来たところだった。

有本は、浴衣《ゆかた》姿の縁に一瞬見とれた。

到着してから、すぐ着替えてテニス。有本にとっては、ともかく何もかも初めてだ。少しやっても息が切れる。

赤垣は、有本をしごくつもりだったようだが、やり過ぎると縁が怒ると分っているせいか、ほどほどのところでやめていた。

むろん、それでも普段スポーツと縁のない人間にとっては、大変である。

「これで夕食とったら、今夜は早々に眠っちまいそうだよ」

と、有本は言った。「みんなはどうするんだろう?」

「そうね。女の子たちはここでカラオケやったり……。でも今日はそう寒くもないから、外に出る子も多いかしら」

「外に出て、どこに行くの?」

「駅の近くに行けば、バーやスナックがあるわ。カラオケだって、この中でやるより楽しいでしょ」

と、縁は言って、「有本さん、カラオケってやるの?」

「いいや。やったことない」

「そう。――私もあんまり好きじゃない。だって、みんな下手だもの。下手な歌をずっと聞かされるなんて辛《つら》いわよね」

と、縁は首を振って、「でも、たぶん赤垣さんが有本さんのこと、誘うわね」

「誘うって?」

「飲みに行こう、って。まず間違いなく」

「僕はほとんど飲めないよ」

「断ればいいのよ。赤垣さんは、カラオケで自分の歌をみんなに聞かせたいの。あなたが飲もうと飲むまいと構やしないの」

「歌、上手なの？」

「赤垣さん？　そうね……。まあ年中歌ってるから、慣れてるのね」

ほめているのか、けなしているのか、よく分らない言い方をして、「じゃ、夕食の時にね。といっても、もう二十分しかないわね」

縁は、有本と別れて一人、旅館の中の土産物《みやげ》の売店に入った。

「別に今買わなくてもね……」

と呟きながら、大して変りばえもしない品揃《しなぞろ》えを眺めていると、

「何の話だ？」

と、いきなり言われて、

「ああ、びっくりした！　何よ？」

赤垣がすぐそばに立っていたのである。

「今、あいつと話してただろ」

「有本さんのこと？　それがどうしたの？」

「俺の名前が聞こえたぞ。何を話してたんだ？」

「ああ。――あなたがカラオケ好きだって言ってたのよ。本当のことでしょ？」

「それだけじゃないだろう」

「それだけよ。——変な人ね、そんなこと気にして」

縁はお菓子を一箱手に取って、「いくつ入ってるんだろ……」

「なあ」

と、赤垣が声をひそめて、「今夜、脱《ぬ》け出して、他の旅館に泊らないか？」

「何ですって？」

「明日の朝早く戻って来りゃ、誰にも分らないさ」

縁は赤垣に真直《まっす》ぐ向い合うと、

「私にそんな気はないの。はっきり言っとくけどね」

と言った。

「何だよ。前、俺が誘ったら、すぐついて来たじゃないか」

「まだあなたのことをよく知らないころだったでしょ。それに、ついて行ったって言っても、飲みに行っただけよ」

「あのときは、仕事の電話がケータイにかかって来て邪魔された。あれがなけりゃ、ホテルにだって行ってただろ」

「うぬぼれもいい加減にして」

と、縁は言い返した。「もし誘われても断ってたわ」

「どうかな」

「どういう意味？」

「有本のどこがいいんだ？　もしかして、もうできてるのか？」

緑の頰《ほお》が紅潮した。——辛《かろ》うじて怒りを抑えると、

「あなたがやったんでしょ」

と言った。

「何のことだ？」

「有本さんの机の上に私が置いた案内よ。あなたがホームの番号を直したのね」

「ちょっといたずらしてみただけさ」

と、赤垣は肩をすくめた。

「どういう人なの？　有本さんをいじめて面白い？」

「奴をかばうんだな。やっぱりそういうことか」

「勝手に想像してなさい」

「いいか、言っとくぞ。あんな奴に君を取られてたまるか」

「私は、取ったり取られたりする品物じゃないわ。自分の相手は自分で選ぶ」

と言って、緑は、「もう部屋に戻るわ」

と、足早に売店を出た。

「畜生！」

八つ当り気味に言って歩き出した赤垣は、売店の棚の角に足をぶつけて、「いてて……」

と、顔をしかめた。

「ご苦労さん」

と、清原は言って、「第一日としては上々の結果だったな」

〈Hモール〉は閉店して、やっと最後の客を送り出したところだった。

「やあ、社長」

と、やって来たのは、この〈Hモール〉でも一番売場面積の大きいスーパーの経営者、山《やま》形《がた》である。

「やあ、どうでした？」

と、清原が訊いた。

「うん、大体いつもの二割増だった」

「そいつは良かったですね」

「しかし、初日だしな。かけた経費を考えたら、三割増ぐらいほしかったよ」

商売人は、決して「よく儲《もう》かった」とは言わない。この程度の注文なら、相当にいい方だ。

「まあ、あの杉原って娘はよくやってる」

と、山形は言った。

「娘って年齢じゃありませんよ」

と、清原は笑って、「しかし、頑張ってますね」

「ずっといなかったな。開店のときは見かけたが」

「今日は旦那が就職先の面接に行くとかで、そっちへ行ってたんでしょう」

清原と山形はガランとした〈Hモール〉の中を歩いていた。

「――なあ、清原さん」

と、山形が言った。「噂《うわさ》で聞いたんだが……」

「何です？」

「あの杉原って娘の亭主のことさ」

「ああ。前科があるってことですね。知ってます」

「聞いていたのかね？」

「一番初めに会ったとき、そう言われました。ずいぶん前のことですよ」

「ああ。しかし、商店主の中には、売上げを盗まれないかと心配しとる者もある」

清原はおかしかった。山形が言っているのは、山形自身のことだろう。

「そうですか。しかし、杉原さんは別にここの鍵を持ってるわけじゃありませんしね」

「うん。分ってるよ」

そこへ、

「社長」

と、声がして、永松がやって来た。

「やあ、ご苦労さん。ちゃんと各扉は見てくれたか?」

「ええ、もちろん」

永松は面白くなさそうに、「社長、開店時間はちゃんと守った方が……」

「今朝は風があって寒かったんだろ」

「そうですが……」

「入口だけ開けて中へ入ってもらうのは、特別問題ないだろう」

「文句を言ってるわけじゃありませんが……」

と、明らかな「文句」を言って、「開店時間ってのは、意味なく決められてるわけじゃありません」

「分った。君が判断して開けてれば良かったんだな」

「私は別にあの女にどうこう言ってんじゃありません」

永松は、爽香が清原に連絡して、モールのスタート時間が来ない内にモールを開けさせたことを怒っているのだ。

「ただ、あの場の責任者は私ですし……」

「彼女が何も言わなくても、早目に客を入れたかい?」

そう訊かれて、永松はちょっと詰《つま》ったが、

「そりゃもちろん――。私だって考えてましたよ。でも、あの女がやかましく言って来るんで、責任者は誰なのか、はっきりさせなきゃいけないと思って……」

「大切なのはお客だろ。それを忘れないことだ」

と、清原は言って、「問題は二日目からだ。しっかり頼むぜ」

「はあ」

「俺は引き上げる。じゃ、山形さん」

「ああ、また明日ね」

「失礼します」

清原は足早に駐車場へと向った。――お気に入りのポルシェが待っているのだ。

清原を見送って、

「畜生!」

と、永松は言った。

永松圭介は、今年五十五歳。社長の清原は、二代目社長で三十七歳。永松は先代の社長のときからの社員である。

永松には、「自分が今の社長を支えている」という自負があった。それを、あの杉原という女は、永松を「ただの社員扱い」した。

「今に見てろ……」

と呟くと、永松は正面入口の方へと歩き出した……。


「あ、爽香さん」

山本《やまもと》しのぶが、廊下の長椅子から立ち上った。

「すみません、遅くなって」

と、爽香は言った。「いかがですか、栗崎様は?」

往年の美人女優、栗崎英子《ひでこ》は、爽香と親しく付合ってくれる。しかし、今も第一線の女優とはいえ、八十二歳。

「ロケだったんですけど、寒くて。でも、音を上げる方じゃないので……」

と、マネージャーの山本しのぶは言った。「でも、私の不注意です。かなり痛んでいたはずなので、気が付かなければいけませんでした」

「仕方ありませんよ」

と、爽香は言った。「何しろ名女優ですもの」

「そうですね」

と、しのぶは微笑んだ。「今、検査が終ったようです」

白衣の医師がやって来た。爽香も顔見知りだ。

「やあ、おいででしたか」

「先生、いつも栗崎様がお世話になって」

「まあ、今回は少し問題ですね」

「どこか悪いんですか」

悪くなきゃ痛まないだろうが。

「おそらく胃の腫瘍だと思われます」

「——悪性ですか」

「それは明日にでも組織を採って検査しないと分りませんが……」

と、医師は言って、「万一、悪性の場合、手術しますか」

「それは……」

と、しのぶが口ごもる。

「ご相談なさっておいて下さい。ご本人に告知するかどうかも」

と、医師は言った。「撮影は残ってるんですか？」

「あと一日だけ」

「それは薬で痛みを抑えて何とかしましょう。その先の仕事はキャンセルして下さい」

「分りました」

——爽香も、事態が深刻かもしれないと思うと、我知らず固く手を握り合せていた。

5 真夜中

電話が鳴っている。

テーブルに突っ伏して、いつしか眠ってしまっていた直江輝代はハッと目を覚まして、急いで電話へかけ寄った。

「もしもし？」

「お母さん？　大丈夫？」

と、敦子《あつこ》の声が聞こえて、輝代はホッとした。

「大丈夫、って……。あんたの方こそ。もう何時だと思ってるの？」

そう言いながら、輝代は時計へ目をやっていた。

もう十二時近い。

「仕方ないのよ。今日送別会があって、ずっと二次会、三次会で……」

「途中で帰していただけばいいのに」

「そんなことできないわ、新人なのに」

「もう帰れるの？」

「うん。今終ったとこ。先に寝てていいよ」

と、敦子は言った。

「ともかく、早く帰って来て。途中まで迎えに行こうか？」

「子供じゃあるまいし」

と、敦子は笑って、「それじゃ——三十分くらいで帰るわ」

「うん。じゃ、気を付けて——」

と言いかけたが、もう切れていた。

正直、輝代も慣れないパートの仕事でくたびれていた。敦子はしっかりしてる。大丈夫だろう。

「でも……何か食べるかしら」

食事はしているのだろうか。お酒を飲むようなお店では、あまり食べるものがないかもしれない。

輝代は、お茶漬くらいは作れるように仕度をした。

夫、作治が事故死して、残された輝代と、敦子、和人《かずと》の二人の子供。

敦子は十七歳の高校生だったが、退学して勤めに出た。和人はまだ十四歳の中学生。

ともかく、子供二人が元気でいてくれることが何よりだった。

ずっと専業主婦で、ほとんど働いたことのない輝代は、パートで方々行っているのだが、この小さなアパート一部屋で暮して行くのもやっとだ。

「ああ……」

少しめまいがした。

このところ、貧血を起すことがしばしばである。

もともと体が丈夫でない輝代は、夫の死で身も心も疲れ切っていた。それでも、子供たちのことを考えて、何とか日々の暮しをこなしていた。

敦子が仕事を見付けて来て、二か月がたつ。給料が入るようになって、ひと息ついている。輝代のパート代だけでは、とても食べていけないのだ。

「帰って来るまで……」

と呟いて、畳で横になった。

隣の部屋からは、和人の元気な寝息が聞こえて来ている。十四歳だが、もう輝代と敦子より大きくなった。

「中学出たら働く」

と言っているが、敦子は、

「ちゃんと高校まで行きなさい。お姉ちゃんが働くから」

と、意見していた。

夜勤が多い仕事というので、たいてい十時過ぎないと帰らない敦子だが、輝代の代りに休みの日には掃除や洗濯もしてくれている。

「本当に、敦子はしっかりしてて……」

と、輝代は息をつくと、目を閉じた。

眠る気はなかった。でも——いつの間にか寝入ってしまっていた。

そして……。

ドアを叩く音で、ハッと目を開ける。

「え？——敦子？」

起き上ってから、眠っていたことに気付く。時計を見てびっくりした。

もう三時だ。

急いで起き上り、

「はいはい。——遅いのね」

と、玄関のドアを開けると、輝代は息を呑んだ。

「こちらの娘さんですね」

と、勤め人らしい若い女性が言った。

敦子がその女性に抱きかかえられ、真青《まつさお》になって倒れそうだ。

「敦子！　どうしたの？」

「ともかく中へ」

「ええ……。まあ、一体……」

 わけが分からず、輝代はその女性が敦子を抱きかかえて上って来ると、畳にそっと横にするのをオロオロしながら見ていた。

「お水を」

と、その女性が言った。「水を飲ませて」

「はい……」

コップに水道の水を入れる。女性が敦子の上体を起すと、コップを受け取って、

「さ、水を飲んで。——ゆっくり」

敦子はゴクゴクと水を飲んで、少しむせた。

「焦らなくていいから。深呼吸して」

敦子は苦しそうに喘《あえ》いでいたが、それでも背中をさすられると、少し楽になったようだ。

「あの、娘はどうして……」

と、輝代が言った。

「居酒屋で無理やりお酒を飲まされてたんです」

と、その女性が言った。「私は隣のテーブルにいて、この人が途中苦しそうにトイレに立ったとき、飲ませてた男たちが話してるのを聞いたんです。『あと少しで潰れる。そしたら

あのホテルへ連れて行こうぜ』って」

「まあ……」

「私もトイレに立つふりをして、よろけながら出て来たこの人を、そのまま店から連れ出して、タクシーを拾ったんです」

「敦子……。どうしてそんな馬鹿なことを……」

「娘さん、いくつですか？」

「十七です」

「見たところ若そうだったので。年齢をごまかして働いてたんですね、きっと」

「夜勤が多い勤めなんです」

敦子を横にさせると、

「お母様ですね」

「はあ」

「娘さんはキャバクラで働いてるようですよ」

輝代はしばらくその言葉が理解できなかった。――敦子は目を閉じて、荒い呼吸をしていた。

その女性は敦子のブラウスのボタンを外し、スカートを脱がすと、

「何か掛けるものを」

「はあ……」

輝代は掛け布団を持って来て、敦子にかけると、

「そんな所で……。知りませんでした」

と、力なく言った。

「やめさせないと。十七歳じゃ違法ですよ」

「何てことを……」

「あの男たちはそこの客だったようです。娘さんも、それでいやとも言えなくて」

輝代は、冷汗を額に浮かべて苦しそうに息をしている敦子を見ていて、崩れ落ちるように畳に手をついた。

「どうかしました？」

「私が……ふがいないばかりに、娘にこんなことまでさせてしまって……」

と、輝代がうなだれる。

「ご主人は……」

「事故で亡くなりました。長距離のトラックで居眠り運転をして、他のトラックにぶつかって……。相手の方にもけがをさせてしまったんです」

女性は少しの間黙って畳に座っていたが、

「お名前、直江さんとおっしゃいました？」

と、思い出したように言った。

「はあ」

「表札をチラッと見て。――そうでしたか」

と肯いて、名刺を取り出した。「よかったら、明日ここへ訪ねて来て下さい」

輝代は当惑しながら名刺を受け取った。

「ええと……荻原《おぎわら》さん……でいらっしゃいますね」

「荻原里美《さとみ》です。娘さん、もう決してあのお仕事に出しちゃいけませんよ」

「はい」

「たぶん、仕事用のケータイを持たされてるでしょう。トイレに立ったとき、バッグを置いて来ているので、ケータイはきっとその中だと思います。ここの電話や住所の分る物が入っていれば、何か言って来るかもしれませんが、相手にしないことです。十七歳だと言えば、向うも警察に知られたくないでしょうから」

「分りました」

「ともかく、ゆっくり休ませてあげて下さい」

と、立ち上って玄関へ出る。

「あの……本当に何とお礼を申し上げていいか……」

と、輝代は急いで追って行った。

「いいんです」

玄関を出ようとして、荻原里美は振り返ると、「じゃ、明日、会社の方へ。夕方でいいですから、急がないで下さい」

「はあ」

「失礼します」

ドアが閉る。輝代は急いでサンダルをはくと、ドアを開け、廊下に出て、荻原里美の後姿に黙って頭を下げた。

夜中である。この小さなアパートでは、こんな時間に廊下で声を出せば苦情を言われかねないので、黙って頭を下げたのだ。

荻原里美も、足音をできるだけたてないように歩いているのが分った。——こういうアパート暮しをしたことのある人なのだろう、と輝代は思った。

静かにドアを閉めて上ると、敦子が起き上ろうとしていた。

「寝てなきゃだめよ」

と、輝代はそばに行った。

「お母さん……。あの人、帰ったの?」

と、かすれた声で言った。

「ええ。あの方が連れ出して下さらなかったら、大変なことになってたのよ」

敦子は小さく肯いて、

「聞こえてた、あの人の話」

「苦労かけて、ごめんね。お母さんがもっと働くから」

「だめよ。体弱いのに」

敦子は輝代の肩に手をかけて、「私も、もうこりたわ。やっぱり、ああいうお店って怖い」

「もうやめてね」

「うん……。もう遅いね。寝てちょうだい」

「あんたこそ――お風呂は明日入ればいいわね」

「うん。ただ……」

「どうしたの？」

「お腹空いちゃった。何かある？」

敦子のその言葉に、輝代はホッとしながら、

「お茶漬ならできるわ。食べる？」

「うん、食べる」

敦子はかすかに微笑んだ。十七歳の笑顔だった。


帰りのタクシーの中で、荻原里美は、ふしぎな偶然のことを思っていた。

あの娘を助けたとき、別に自分が立派なことをしたとは思っていなかった。むしろ、人の

人生に踏み込むような「余計な真似《まね》をしているのかもしれない」と思った。

でも、あのままもし男たちに好きにされていたら、あの子はズルズルとあの世界に引きずり込まれてしまったかもしれない、と思って、あれで良かったんだと思い直した。

あの子は十七歳。——里美が杉原爽香と出会ったのは十六の時だった。もう十年以上も前のこと。

〈G興産〉で「メッセンジャー」、おつかいとして働き、よく走っているので、みんなから「飛脚ちゃん」と呼ばれていたころ……。

今思えば、弟一郎《いちろう》をちゃんと育てることで必死だった。あの直江の家にも、中学生の弟がいると聞いていたので、余計他人事《ひとごと》とは思えなかった。

里美だって、爽香が力になってくれなかったら、「弟のため」と自分に言い聞かせて、危い仕事に就いていたかもしれない。

爽香の夫、明男のトラックにぶつかったのが、あの直江の家の父親だった。その娘の危ういところを、里美が救う。世の中、広いようで狭いものだ。

里美は何とか爽香に頼んで、あの直江敦子という子に仕事を見付けてやりたいと思っていた。

ただ、十年前と違って、今〈G興産〉全体が決して順調とは言えない。従来の社員も減らしたり、新入社員の採用も減っている。

〈G興産〉で働くことは難しいかもしれないが、どこか捜せば仕事はあるだろう。

そう。――爽香に素直に話してみることだ。

里美は欠伸《あくび》をした。

こんな時間になったのは、社長秘書として、取引先の企業の人と飲んでいたからだ。今は接待そのものが少なくなった。

眠ろう。――タクシーの中で、里美は目を閉じた。

すぐに浅い眠りに落ちて、里美は昔社内を駆け回っていたころの自分を夢で見ていた……。

6　男と女

「やあ、これは……」

その絵を見たリン・山崎《やまざき》は、それだけ言って、後の言葉を呑み込んでしまった。しばらく誰も口をきかなかった。

「――どうかね」

と、堀口豊《ほりぐちゆたか》が落ち着かない様子で言った。

今年九十歳になる、文化勲章までもらった巨匠が、不安げにそわそわしているのだ。見ていて、爽香はおかしかった。

「とっても若々しいと思います」

と、爽香が言った。「どこが、って言われても分りませんけど、絵全体の印象が、若々しいです」

「うん、本当だ」

と、山崎が肯く。「堀口先生、とても素敵ですよ」

「そう言ってくれると……」

堀口はハンカチを取り出して汗を拭《ぬぐ》った。

これほどの人が「あがっている」のだ。

「この絵を見せるのは、君たちが最初だ」

と、堀口は言った。「ぜひ君たちに見てほしかった。それと……」

「あやめちゃんは今来ます」

と、爽香はドアの方へ目をやった。「とても楽しみにしてたんですよ」

「あの子が一番怖いよ」

と、堀口が大真面目《まじめ》に言った。

「先生、あの子に惚《ほ》れたんじゃないですか?」

と、山崎が冷やかすと、堀口はあわてて咳払《せきばら》いして、

「よしてくれ。九十にもなって……」

爽香は黙って微笑んだ。——山崎は知らないが、堀口は久保坂あやめを襲ったことがあるのだ。しかし、思いをとげることはできず、罪の意識に苦しんだ。

その償いに、あやめをモデルに描いたのがこの絵である。

一年余りの時間をかけて描き上げた絵を、

「ぜひ見てほしい」

と、堀口は〈G興産〉の会議室に持ち込んで来た。

爽香は、山崎も呼んでおいたのである。

会議室のドアが開いて、

「すみません、遅くなって」

と、久保坂あやめが入って来た。「急ぎの電話で手間取って」

あやめは堀口へ、

「お世話になりました」

と言った。「私も見ていいんですか?」

「むろんだ。君の感想が心配で、ゆうべは眠れなかった」

「嘘ばっかり。目がちっとも充血してませんよ。堀口さん、嘘つきだからな」

あやめは九十歳の画壇の巨匠を友だち扱いしている。堀口もそれが楽しいらしく、

「ひどいぞ、その言い方は」

と言い返しながら、笑顔になっている。

あやめは何度か堀口のアトリエに通う内、すっかり仲良くなってしまったらしい。堀口も、どこかふっ切れたのだろう。孫のような年齢のあやめを相手に軽口を叩くのが楽しいようだった。

そして実際、一年前にはすっかり老け込んで弱っていた堀口が、今は元気になってしまっ

ていた。

あやめは仕上った絵をしばらく腕組みして眺めていたが、

「うーん……」

と、ちょっと唸《うな》ると、「これ、私ですか?」

「題は〈ベンチ〉だ。シンプルな方がいいだろ」

「まあ……〈ベンチ〉は〈ベンチ〉ですね」

公園の木かげのベンチ。脚を組んで座っている若い女性は白いブラウスのボタンを半ば外して、胸元が覗《のぞ》いている。

そしてベンチの後ろに立つ青年が、女性の肩にそっと手をかけていた。

何より、この絵を「若々しく」見せているのは、この二人を取り囲む「緑」の、まぶしいような明るさ。それは正に新緑のみずみずしさに溢《あふ》れていた。

「いいんじゃないですか」

と、あやめは言った。「私、好きです」

「そうかね」

堀口がホッとした様子で言った。「いや、君がそう言ってくれると嬉しい」

「でも——私、アトリエでは一人でしたよね。この後ろに立ってる男の人は?」

「うん……。まあ、一人だと少し寂しい感じがしたのでね……」

と、堀口はちょっと口ごもりながら言った。

「僕が教えてあげる」

と、山崎が言った。「この若者は、若いときの堀口先生とそっくりだよ」

「え？——なあんだ！　それならそうと言ってくれれば……」

と、あやめは改めて絵を見つめ、「結構いい男だったんですね、先生」

そう言われて爽香が見直すと、確かに、ベンチの後ろに立った青年に、どこか今の「巨匠」の面影があるようだった。

すると、あやめがクルッと堀口の方へと向き直り、

「先生、どうもありがとう」

と言った。「これで、何もかも赦《ゆる》してあげます」

堀口がニッコリ笑った。まるで少年のような明るい笑顔だった。

そして、二人はどちらからともなく手を差し出し、握手したのである。


地下鉄の駅を出て、滝井縁が首をすぼめた。

いつの間にか、北風がびっくりするほど強く吹きつけていたのだ。オフィスビルが立ち並ぶこの辺りは、ただでさえ風が強い。

〈M地所〉の入ったビルへと、縁は足を速めた。すると、

「滝井君」

と呼ばれて、足を止める。

「あ、部長。——お出かけですか？」

縁の所属する企画部の部長、平田《ひらた》がコートをはおって立っていた。

「今帰りだ。君は？」

「私も広告の件で出かけてたんです」

「ああ、〈週刊B〉のだね」

「はい。タイアップに持ち込めそうです」

「そいつは良かった。——君、ちょっと時間あるか」

「はい、何か？」

二人は地下鉄の駅の方へ戻って、地下道に面した喫茶店に入った。ひと息入れに来ている一人のサラリーマンが多い。

「——君、経理の有本君と付合ってるのか？」

コーヒーを一口飲んで、平田が訊いた。

縁は当惑して、

「有本さんと、ですか？　お付合いって——。個人的なお付合いはありませんけど。この間テニスの合宿に誘って、一緒に行ったぐらいです」

と言った。「どうしてですか？」

「いや、別に君が誰と付合おうと、そんなことは構わないんだがね」

「ええ。お付合いするとき、会社のことまで考えません」

縁の言葉に、平田はちょっと笑って、

「そりゃそうだよな。それが当然だ」

と肯いた。

平田は部下の自由を尊重してくれる、珍しい上司で、縁も平田の下にいることに感謝していた。

「実はね」

と、平田が言った。「有本君にうちへ来てもらおうかと思ったんだ」

「企画部へですか？」

「まあ、あんまりバリバリ仕事をするってタイプじゃないが、いつもマイペースだろ。ああいうのも一人いていいかな、とふと思ったんだ。特に理由があってのことじゃない。君はどう思う？」

「さあ……。仕事の上ではあまり接点がないので。部長がいいと思われるのなら、よろしいんじゃありませんか？」

「それがね、一昨日、部課長会議で、始まる前の雑談のとき、ちょっとその話を持ち出したんだ。一応経理の方の意向も聞いときたかったんでね」

「はあ……」

「そしたら、赤垣君が課長の代理で出席してたんだが、『有本はやめた方がいいです』と口を挟んで来てね。『どこでも厄介払いされた奴ですよ、役に立つわけないです』って言うんだ」

縁の表情が曇った。平田は続けて、

「だから、『君は一緒に仕事してないだろ』って言ったら、赤垣が『色々話は聞いてます。それに、同じ部に付合ってる彼女がいたんじゃ、まずいでしょう』と言ってね。それが誰のことなのか訊いたら――」

「私だと言ったんですね」

と、縁はため息をついて、「根も葉もないことです。赤垣さんには……何度もしつこく誘われてるんですけど、私、好みじゃないので断ってます。たまたま私が有本さんを合宿に誘ったんで、赤垣さんはてっきり私と有本さんが付合ってると思い込んで……。邪推もいいところです」

「そういうことか」

と、平田は肯いた。「いや、個人的な思い込みで、人の能力を否定するのはいけないな。――まあ、僕ももう一度ゆっくり考えてみよう」

「それがいいです。赤垣さんの意見は無視して下さい」

「君もそろそろ色々噂の出る年齢か」

「いえ、まだ二十四です。早過ぎます」

「確かにね。君はしっかりしていて、もっと年上に見えるからな」

「今は恋どころじゃありません」

「いやいや、恋は大いにするべきだよ。人間の感性を一番豊かにするのは、何といっても恋だ」

「部長の名言ですね。憶えときます」

と言って、縁は微笑んだ。


「まあ……奥様」

直江輝代は、応接室に入って来た爽香を見て、びっくりした。

「どうも。——今日、Hモールのお仕事は？」

と、爽香は訊いた。

「今日はお休みの日で……」

輝代は、一緒に来た娘の敦子に、「お父さんがトラックをぶつけた、杉原さんの奥様よ」

「あ……」

と、敦子は思い出した様子で、「どこかで会ったたって気がしました」

応接室へ荻原里美が入って来た。

「里美ちゃんも座って。——事情はこの荻原から聞きました。敦子さん、無事で良かったね」

「ありがとうございました」

と、敦子は里美の方へ頭を下げた。

「どこかで聞いた名だと、この会社……」

輝代は、里美の名刺を手にして、「でも、まさかこんなこととは思いませんでした」

「荻原は十六歳からここで働いています。この人に出会って良かったですね」

「よろしくお願いします」

と、輝代と敦子は頭を下げた。

「今、正規採用の余裕がないようでね。とりあえず、荻原の所でアルバイトということにして下さい」

「はい」

と、敦子は肯いた。

「これも何かの運命ですね」

と、爽香は微笑んで、「じゃあ、もし良かったら今から仕事してみる？」

「お願いします！」

敦子は目を輝かせて言った。

爽香は里美の方へ、

「あなたの昔のころみたいね」

と言った。

「私もそう思います」

「働いてたお店が何か言って来てない？」

と、爽香は訊く。

「今のところは……。でも、何かあっても戻りません」

「決心することが大切よ」

と、爽香は言った。「じゃ、里美ちゃん、案内してあげて」

「はい」

里美が立ち上ると、「行こうか」

「はい！」

敦子が元気よく立ち上った。

その元気さも、かつての里美とそっくりだと爽香は思った。

7　初日

「よし、三分前だ。入ろう」

と、前方を見ていた久松《ひさまつ》が言った。

「はい」

明男はウインカーを出しながらバスを動かした。

「そうそう。焦るなよ。朝の駅前はマイカーも多い。奥さんの運転で、旦那を降ろしてすぐ出て行くけどな」

明男はバスをロータリーへと入れた。

「そこの自転車置場の前。――そうそう」

と、久松は肯いて、「雨の時は少し先のひさしのある所まで寄せろよ」

「はい」

久松はちょっと笑って、

「しつこくてすまないな。もう十回は言ってるよな」

「大事なことは何度でも言って下さい」

「うん。――若い人はいいな。アクセルの踏み方に無理がない」

――久松徹《とおる》は〈S学園小学校〉のスクールバスを、二十年以上運転して来た。六十七歳になって、視力が衰え、引退を決意したのである。

明男がその跡を継ぐ。

スクールバスのルートはそう難しくないので、明男は一回で憶えた。しかし、久松は、

「少なくとも一週間は仕込まないと」

と、学校の事務に申し入れたのだった。

学校側も、苦笑しながら受け容れたようだが、実際、一週間運転してみて、明男は久松の言いたいことがよく分った。

週明けの月曜日、中日の水曜日、週末の金曜日、駅前の人の流れも量も、微妙に変るのである。

一番多くの生徒が乗るこの駅前がスタートで、ここから他の私鉄の駅を二つ回り、更に大きな交差点の付近、三か所で生徒を拾う。

その間の車の混み具合も、曜日によって変る。

そして一週間あれば、一日二日は雨も降る。

確かに、久松は自分の経験から、「一週間必要だ」と言っていたのだ。

そして今日、明男の「お目みえ」の日だった。

駅前には、十人近い生徒と、母親四、五人が集まっていた。

扉を開けると、明男は立ち上った。

「おはようございます！」

久松が、紺の制服でバスを降りる。「今日から運転手が新しくなります。どうぞよろしく」

「あら、久松さん、辞めるの？」

と、母親の一人が言った。

「ええ、もう年齢《とし》でしてね」

「まあ残念ね」

「お世話になりました。——さ、みんな乗って」

子供たちがドタドタと乗って行く。明男が顔を出すと、

「新しい運転手の杉原明男です」

と、久松が紹介した。「腕は確かですから」

「よろしくお願いします」

と、明男は一礼した。

「まあ、若い！」

「いい男ね」

と、母親たちが笑う。

「あと二、三日一緒に乗りますが、もうハンドルは任せていますんで」

久松は早口に言って、「では、送らせていただきます」

駅前にスクールバスのような大きな車は長く停《と》めておけない。久松はバスに乗った。

「出そう」

「はい」

明男は運転席に戻った。

扉を閉め、ゆっくりとバスを出す。

「行ってらっしゃい！」

と、母親たちが外で手を振るが、子供たちはもう友だち同士ではしゃいでいた。

駅前のロータリーは、色々な車が忙しく出入りする場所である。明男は念には念を入れて、左右前後をチェックしながらスクールバスを出した。

「そうそう。ブレーキも静かにな」

と、久松がすぐ隣にかけて言った。

六十七歳の久松は、髪がすっかり白くなった、小太りな「おじさん」である。

もともとなのか、それとも二十年も子供たちを乗せているせいか、笑顔が穏やかで、何となく「サンタさん」のようだ。

子供たちにも人気があるようで、久松もニコニコとして眺めている。

その後に寄った駅や交差点でも、

「辞めるの？　残念ね」

「お世話になりました」

という、母親たちと久松のやりとりがくり返された。

父母からの信頼が厚かったことが分る。明男としては、ひときわ緊張が高まるが、それは快い、いい意味での緊張だった。

最後の地点で三人の生徒を拾うと、

「おい」

と、久松が真剣な表情で言った。「学校へ行くのを忘れるなよ」

明男は、ふき出しそうになるのを何とかこらえて、

「はい」

と答えた……。

午前九時半ごろ、爽香のケータイが鳴った。

「もしもし」

「無事終ったよ」

と、明男の明るい声がした。

「良かったね」

「帰りはあるけど、ともかく一安心だ」

「前任の方――久松さんっていったっけ？」

「うん。一緒だった。あと三日くらいは同乗してもらう。乗って来る子供たちの顔も憶えなきゃいけない」

「子供たちに気を取られて、事故起さないでね」

「分ってるよ。宅配で会う変った客に比べりゃ、楽なもんだ」

「そうね。――下校まではどうしてるの？」

「遅めの朝食と、校長の車の運転がある。一時間足らずだけどな」

「頑張ってね」

「ああ。一応知らせとこうと思って」

「うん。嬉しかったわ。ありがとう」

爽香は通話を切ると、足を止めた。

外を歩きながら話していたのである。

病院を見上げる。

栗崎英子の検査結果が出ているのだ。マネージャーの山本しのぶから、

「杉原さんもぜひ一緒に聞いて下さい」

断るわけにはいかなかった。

病室の外で、山本しのぶは待っていた。

「——お待たせして」

「いえ、すみません、お忙しいのに」

「いいえ。栗崎様はどうですか？」

「脚本を読んでおられます」

「ドラマの？」

「年明けから撮影に入る映画です。すっかり張り切っていらして」

「そうですか。——ともかく、先生のお話を聞きましょう」

「今、看護師さんが『すぐお呼びします』と言って……。どうでしょうね」

「栗崎様はまだまだ体力がおありですし」

「ええ、確かに」

ただ、いくら元気でも八十二歳だ。結果次第で、手術となれば……。

話を聞かない内に心配してても仕方ない。爽香は、先に栗崎英子の病室に顔を出すかどうか、迷った。

そこへ看護師が、

「先生からお話があります」

と、声をかけて来た。

——二十分ほどして、爽香と山本しのぶは英子の病室へ入って行った。

「これは私の生きる糧《かて》なの」

と、英子が言った。

爽香が面食らっていると、

「今度の映画のセリフよ」

と、いたずらっぽく笑って、「忙しいのに、そう来なくていいわよ」

「栗崎様のお顔を拝見すると、こちらが元気をいただけます」

「私も同様よ」

と、英子は言った。「それで？」

「は？」

「手術できるの？　それとも手遅れ？」

「あの——」

「隠してもむだ。先生と看護師の話を聞いちゃった。悪性なのは分ってる。どの程度なの？」

たたみかけるように訊かれて、

「手術は可能です」

と、爽香は答えた。「ただ、体にはやはり負担が……」

「手術すれば治る?」

「大丈夫と先生はおっしゃってます」

「じゃ、早いとこやっちゃいましょ」

と、英子はアッサリ言った。「この映画のセリフ、せっかく憶えたんだから、キャンセルしたら後悔するわ」

「分りました。でもご家族に――」

「電話しとくわ。文句なんか言わせないわよ」

「そうですよね」

と、爽香は苦笑したが、「――栗崎様。お医者さんと看護師さんのお話って、どこでお聞きになったんですか?」

「聞こえるわけないでしょ、ここで寝てて」

「じゃあ……」

「年寄りは嘘つくのが巧《うま》いのよ。それぐらい知ってるでしょ、あんた」

爽香は、ちょっとため息をついて、それから山本しのぶと顔を見合わせ、笑い出してしまった。

「――栗崎様にはかないません」

「今ごろ分ったの？」

「いえ、昔からです」

「しのぶさん、先生に言って来て。手術は一日でも早くしてくれ、って。ともかくあの映画には出たいの！」

「お伝えして来ます」

と、しのぶはあわてて病室から出て行った。

――この分なら、まず大丈夫だ。爽香は心中、ひそかに安堵《あんど》していた。

「旦那はどう？」

と、英子が訊いた。「今日、初仕事だったんでしょ」

爽香は、数日前にチラッと洩らしただけのことを、英子がしっかり憶えているのにびっくりした。

「はい。おかげさまで、朝の仕事は無事にこなしたと言って来ました」

「良かったわね」

と、英子は微笑んで、「でも、私のおかげじゃない。しっかり者の奥さんのおかげよ」

「明男もそう思ってくれてるといいんですけど」

「まだ付合ってるの、あの彼女と」

三宅舞のことも、英子は爽香から聞いて知っている。

「時々会っているんじゃないかと思います。ご心配いただいてすみません」

「男と女の仲は、どうなるか誰にも分らないものね」

「栗崎様、いつも『大丈夫よ』とおっしゃって下さっていたのに」

「そう。——でもね、ここんとこ、ちょっと自信がなくなってね」

「まあ、何かあったんですか？」

英子は少し間を置いて答えた。

「私、好きな男ができたのよ」


昼休みまであと五分というところで、上役に声をかけられるのは楽しいものではない。

「おい、有本君」

と呼ばれて、有本哲也はいささか戸惑いながら振り返った。

経理にいる有本が、企画部長に呼び止められる覚えはない。

「何でしょうか」

「ちょっといいか。すぐすむから」

否《いや》も応もない。相手は部長である。

「はい……」

昼食に出るのが遅くなる、と不服ではあったが、促《うなが》されるままに、空いている会議室に入った。

「座ってくれ。——経理の仕事はどうだ」

そう訊かれて面食らった。

「まあ……何とか。勉強不足で、あまり役に立っていないかもしれませんが」

つい正直に言ってしまう。

「そうか」

平田は笑って、「君は自分を売り込むのが苦手だな」

「売り込むにも、売るものがないので……」

「君が営業にいた時を憶えてるよ。毎日、暗い顔して帰って来てたな」

平田が自分のことを見ていたと知って、びっくりする。

「はあ……」

「まあ、話は手短かにしよう。君を企画部に欲しいと思ってる」

それこそ有本は愕然《がくぜん》とした。——話す相手を間違えてるんじゃないか？

「私は……何も取り柄がありませんが」

と、やっとの思いで言った。

「君のそういうところが面白いと思ってね」

と、平田は言った。「おたくの課長には話してある。了解ももらってるよ。君の気持を聞きたい」

有本は混乱していた。——これは何かの陰謀なのか？

「どうだ？」

と、重ねて訊かれ、

「あの……忙しくなるんでしょうか」

毎日夜中まで仕事なんてごめんだ。

「それは一人一人の考え方だ。会社で夜中まで仕事しないと働いた気がしない、という者もいるし、五時になれば、誰が何と言おうと帰るんだ、と決めたら、それでもいい」

と、平田は言った。「——今返事してくれというわけじゃないが、できれば早い方がいい」

「分りました……」

平田の言い方に少しホッとした。これでしばらく逃げ回っていたら、その内諦《あきら》めるだろう。

有本だって、今の仕事が自分に合っているとは思っていない。しかし、全く知らない所へ行かされるよりはまだましだろう……。

「じゃ、こうしよう」

と、平田は言った。「僕は明日休暇を取るんだ。君も明日一日考えてくれ。明後日、返事を聞かせてもらう」

そんなにすぐに？　――唖然《あぜん》としている有本を残して、平田はさっさと出て行ってしまった。

「明後日？　そんなにすぐ考えられない……」

と呟いていると、ドアが開いて平田が顔を出し、

「おい、もう昼休みだぞ」

と言った。

「はい！」

と、あわてて立ち上る。

そんな有本を見て、平田は愉快そうに笑うと、

「早く出ないと、昼飯を食べそこなうぞ」

と言った。

8　祝杯

滝井縁は、いつもの喫茶店の奥の席に座っていた。

お昼はたいていここのサンドイッチである。特別おいしいわけではないが、まずくもない。奥まった所に、スペースが余ったから一つテーブルを置いた、というようにポツンと離れた席なのが気に入っている。

ビジネス書と古典芸能の解説本を持って来ていたが、少し迷ってから、古典芸能の本を開いた。

こういう読書をしていると、他の社員から敬遠されるが、気にならなかった。

企画部の仕事は、かなりの部分「個人プレー」である。むろん、力を合せなければならないこともあるが、一人一人の発想が肝心なのだ。

そのためにはビジネス書より、落語でも聞く方が役に立つ……。

ミルクティーを飲みながらサンドイッチをつまむ。

有本はどうしただろう？　午前中、平田部長と会ったとき、今日話してみるよ、と言っていた……。

店の表をバスが走って行った。

「あ、そうだ」

忘れてた！――縁はケータイを取り出した。

「――あ、もしもし、伯父さん？」

「やあ、縁か」

と、嬉しそうな声がした。「今、昼休みか」

「うん。ね、今、家にいるの？　スクールバスの運転、もうやめたんでしょ」

「ああ。しかし次の奴に引き継がなくちゃいけないからな」

と、久松徹は言った。「今日から二、三日一緒に乗るんだ」

「そう。次の人、どう？」

「ああ。優秀で、真面目だ。あいつなら安心して任せられる」

あまり人をほめない伯父にしては珍しい言葉だった。よほど気に入っているのだろう。

久松徹は、縁の母の兄に当る。母は五十五歳で、久松徹は一回り違う。二十四の縁から見ると、久松は伯父より祖父に近い感じである。

「辞めたらどうするの？」

と、縁は訊いた。

「うーん、考えてねえな」

と、久松は言った。

「ね、一度お母さんも一緒に温泉に行こうよ。私も休暇取るから」

「ああ、そいつはいいな」

「ね。私がちゃんと計画立てるから。——いいよね」

「うん、よろしく頼む」

と、久松は言ったが、それが姪《めい》を喜ばせるための言葉だということを、縁は分っていた。

久松は、連れ合いの冴子《さえこ》を五年前に亡くしている。無免許運転の十代の少年が車ではねたのである。

六十歳の冴子は、ずっと勤めていて、定年を迎えたばかりだった。子供のいない伯父夫婦の仲の良さを、縁はずっと見て来た。

だから、妻を亡くした伯父が、一人で旅行に行ったりしたがらないことも、よく分っている。しかし無理にでも連れ出さねば、伯父がかっくりと老け込んでしまうに違いない。

縁はそれが怖かった。

「じゃ、近い内に連絡するから。それより、伯父さん、ご飯食べに出ておいでよ」

「まあ、その内にな」

と、久松は言って、「ちょっと用事があるんだ。またな」

「うん。風邪ひかないで」

――通話を切って、縁は顔を上げたが、ちょうどそこへ有本が入って来た。

「有本さん」

と、手を上げると、

「ああ。――君、いつもここだっけ」

「たいていね。一緒にどう？」

「邪魔じゃない？　それじゃ……。いや、びっくりしたよ」

「平田部長と話したの？」

有本は目を丸くして、

「知ってるの？――あ、君も企画部だったね」

「ひどいな。忘れてた？」

と、縁は苦笑した。「で、どう返事したの？」

「平田部長、僕を誰か他の人間と間違えてないか？」

「そんなわけ、ないじゃないの」

縁はふき出しそうになるのを、何とかこらえた。

「そうだよな」

と、有本はため息をついた。「――あ、僕もサンドイッチ。それとコーヒー」

「平田部長にそう訊いたの？」

「まさか」

有本の話を聞いて、縁は、

「好きなようにすればいいわ。今の所が居心地いいのなら、断ればいいし、違った空気が吸いたかったら、企画部に来ればいい」

と言って、ミルクティーを飲んだ。

「うん……。でも……」

と、有本は口ごもった。

「どうしたの？　――もしかして、私と一緒の部じゃいや？」

「そんな……。そんなわけ、ないじゃないか！　君のことが好きなのに」

勢いで、つい言ってしまった。

しばらく二人は黙っていたが、

「――これ、つまんで」

と、縁は自分のサンドイッチの皿を有本の方へ押しやった。

「ごめん。とんでもないこと言って」

「謝らないでよ」

「だけど――」

「嬉しいわ」

また、しばらく沈黙があって、有本は先に運ばれて来たコーヒーを急いで一口飲んで、

「熱い！」

と、目をむいた。

「大丈夫？」

「うん……。怖いんだ」

「私が？」

「企画部に行って、結局何の役にも立たない奴だって呆《あき》れられるのが」

「有本さん……」

「せっかく、君とこうして話ができるようになったのに、また君に見捨てられたら、と思って。――変だよな、見捨てるも何も、別に付合ってもいないのに」

縁は微笑んだ。

「じゃあ、付合ってみましょ」

三度《みたび》、沈黙がやって来て、その間に有本のサンドイッチもやって来た……。

「これ、当りましたね」

と、久保坂あやめが言った。

「そうね」

と、爽香は肯いて、「続けられるかどうかが問題ね」

リニューアルした〈Hモール〉の中央広場は、今〈産地直送〉の野菜の直売所となっている。

有機栽培の野菜などが人気で、決して安いとは言えないが、主婦が大勢やって来ていた。

爽香は、いくつかのブースで、野菜や果物を買ってみた。

初回は、話題だけで客が来る。しかし、二回、三回と続けるには、

「値段は高いけどおいしい」

「高いだけのことはある」

と思ってもらわなければならない。

味を確かめ、虫の被害などがないか、チェックする。——その役割は〈Hモール〉の人々がやらなければならない。

爽香たちが企画を立てたり、アイデアを出したりすることはできるが、実行はあくまで当事者の仕事である。

「——やあ」

と、爽香たちへ声をかけて来たのは、〈Hモール〉管理会社の社長、清原だ。

「今日はお天気にも恵まれましたね」

と、爽香は言った。

「うん。やはり活気があるってのはいいな」

あまり仕事熱心とは言いかねる清原だが、うまく行くと嬉しいらしい。

「そこの喫茶に入らないか?」

と、清原は言った。「野菜のケーキってのが、なかなか旨《うま》いんだ」

「そうですか」

「これ、使えよ」

もらったのは、〈コーヒー無料券〉。

清原は、スーパーに用があるとかで、

「後から行くよ」

と行ってしまった。

「呑気にしてる暇ないけど……」

と、爽香は苦笑して、「でもしょうがないね」

あやめと二人、喫茶店に入ると、爽香は中を見回して、

「――あやめちゃん、ごめん。ちょっと知り合いがいるの。奥に入ってて」

「はい」

爽香は、ガラス越しに表の見える席へと歩いて行った。

「どうも」

と、声をかけると、表を眺めていた中川《なかがわ》は振り向いて、

「やあ。偶然だな」

「また、そんな……」

爽香は苦笑して、「ご一緒しても？」

「ああ、構わないよ」

爽香はコーヒーを頼んで、

「まさか、産地直送の野菜を買いに来たわけじゃないでしょう？」

「まあな」

中川は相変らず皮肉っぽい笑みを浮かべている。

中川満《みつる》は犯罪組織の「殺し屋」である。組織を裏切ったり、危険にさらすような人物を「消す」のが仕事。

爽香とはある事件をきっかけに知り合ったが、どういうわけか、ずっと爽香の身辺に気を配っていてくれる。

爽香としては、特別親しくなりたい相手ではないが、これまで何度か中川に助けられているのも事実なのだ。

「お暇なんですか？」

と、爽香は訊いた。

「このところ、失業状態さ。足を洗って八百屋でもやるか」

「お似合いですよ」

コーヒーが来る。

「祝杯をあげよう」

と、中川は言った。「お前の亭主の仕事始めだろ」

「そんなこと──よく知ってますね！」

「俺は超能力の持主だからな。お前、亭主の運転してるスクールバスを見たことないだろう」

「ええ」

「一度見とけよ、女房なら。明るい新緑の絵が描いてあって、きれいだぜ」

「見に行ったんですか、わざわざ？」

「俺は、やるとなったら、とことんやる」

「ご苦労さまです」

と、爽香はコーヒーカップを取り上げた。

「ま、しっかりやれ」

中川は、飲みかけていたコーヒーを飲み干すと、「またな」

と、立ち上って、

「コーヒー券、もらったんだろ。俺の分はそれで頼む」

爽香は半ば呆れて、中川が出て行くのを見送っていた……。

9 かげ口

面白くない。

永松圭介は、広場の隅で腕組みしながら、産地直送の野菜販売が当って、大勢の人でにぎわっているのを、苦々しく眺めていた。

「まぐれ当りだ」

と、永松は呟いた。

あの杉原爽香という生意気な小娘が、この企画を立てた。失敗して、人が来なければ、何かと文句を言ってやれるのに。

社長の清原は、順調な滑り出しで上機嫌である。

永松は、スーパーMの社長、山形の姿を見かけて、ブラブラと近付いた。

「――社長、どうも」

「ああ、永松さんか」

山形は、この企画に反対だった。何といっても、スーパーでも野菜を売っているのだ。

本当ならスーパーで買うはずだった客が、この広場で買ってしまうと、当然スーパーの売上げに響く。

「にぎやかだな」

と、山形が言った。

「でも、一つずつは小さいですからね。最初のうちは物珍しさで客が来ても、じき飽きますよ」

と、永松が言うと、

「何だ、あんたはこの企画に反対なのか」

「いえ……。私が決めることじゃありませんから」

と、永松は言った。「でも、やはり元からこのモールにある店を大事にするべきですよ」

「しかし、それだけじゃ何も変らん」

と、山形は言った。「何でも、まずやってみんことにはな。そうだろ?」

てっきり山形が話に乗って来てくれると思っていた永松は面食らって、

「ええ、まあ……。おっしゃる通りですけど……」

と、口ごもった。

「俺も、この直売でうちの売上げが落ちるだろうと思ってた。しかし、今日の売上げは今のところいつもの三割増だ。ともかく大勢人が出ているのと、野菜を買った客が、他の品はうちで買おうと入って来る。確かに野菜は多少マイナスだが、他の売上げでカバーしておつりが来る。——悪くないアイデアだ」

「それは……良かったですね」

永松は引きつったような笑顔しか見せられなかった。

山形が行ってしまうと、

「畜生！」

と、永松は八つ当り気味に呟いた。

にぎわっている広場の隅を回って行くと、テントがあって、そこはこのイベントの、いわば本部という所だった。

覗くと、折りたたみの机と椅子《いす》がいくつか置かれていて、今はただ一人、五十がらみのエプロンをつけた女性が退屈そうに座っているだけだった。

見るからに不機嫌そうな顔をしている。

「——何か？」

と、永松に気付いて、声をかける。

「いや、ご苦労さまです」

と、永松は愛想よく、「私はここの管理会社の者です」

「〈Hモール〉の？　じゃ、清原さんの……」

「ああ、社長をご存知で。私は永松といいます。先代の社長のころからずっと働いていまして」

永松は名刺を出して渡した。

「どうも。——私は畠山康代《はたけやまやすよ》。野菜売りに来たんだけど、運んでるときに腰痛めてね。ここで留守番」

と笑った。

「ご盛況で」

「ええ。思ったよりずっと人が出てる。こういうイベントって、知れ渡るのに時間がかかることが多いけど、初回からこんだけ集まりゃ大したもんよ」

「いや、おめでたいことで。——でも人ごみには用心した方がいいですよ。どんな手合がいるか分りませんからね」

「ここに泥棒？　まあ無理でしょ。こんだけ開放的にしてるんだもの。妙なことすりゃ人目に触れるわ」

「それはそうです。——プロでもなきゃ、盗もうとはしませんね」

永松は「プロ」という言葉に、わずかに力をこめた。

「プロって、スリとか万引きとかのこと？」

「ああ、いえ、もちろんそんなことをする奴はいやしませんがね……。でも……」

と、永松は言葉を濁した。

少し間があって、

「何か言いたそうね」

と畠山康代は言った。

「いえ、別に！　ただ——何かあってからじゃ遅いと思ったんで。もちろん、何もないだろうと思いますけど」

「何かありそうだってこと？」

「そういう意味で言ったんじゃ……」

「言ってみてよ。私だって、このイベントじゃ幹事やってるんで、何かあったらいやだもの」

「まあ……何だか告げ口するみたいで、いやですけどね」

と、渋って見せて、「この企画を立ててる〈G興産〉って所に杉原って女の社員がいるんですけどね。——もちろん、この〈Hモール〉にも年中出入りしてますが、うちの社長には気に入られてましてね。でも、私から見るとどうも……」

「問題があるの？」

「いや、当人は確かに、なかなかよくやってます。しかし、亭主がね……。何しろ殺人犯なんですよ」

「まあ怖い」

「ねえ。――少々のコソ泥とかじゃない。女を殺したっていうんですから。もちろん刑務所にも入ってたんですが、一度そういうことをやると、人間なかなかまともに生きちゃいけませんからねえ」

「その人は、働いてるの？」

「詳しくは知りませんが、女房に養ってもらってるって話です。もちろん、だからどうってわけじゃないけど、そういう男を亭主に持って、この〈Hモール〉に自由に出入りして、予算も任されてる。――私だったら、金を使えるような立場にはしませんがね」

畠山康代は肯いて、

「聞いとくわ。ありがとう」

と言った。

「いえ、どうも……。つまらないことをお話しして」

「心配しないで。あんたから聞いたとは言わないから」

「いや、そういうことはともかく、私としては、せっかくご協力いただいた方々に、万一いやな思いをさせるようなことがあっちゃいけないと思いましてね」

「ええ、ええ。承知してるわ」

「じゃ、これで……。お邪魔しました」

永松はテントを出ると、ちょっとほくそ笑んだ。――まあ、あの畠山康代って女がどうするかは分らない。

しかし、少なくとも今の話を仲間にしゃべるだろう。女はそういう噂話が大好きだし、秘密にしておくなんてことはできない生きものだ。

永松は少し胸がスッとして、〈Hモール〉の中をブラブラと歩いて行った。


「じゃ、私、一旦《いったん》会社に戻るから」

爽香はそう言って、「後で人数知らせて」

「分りました」

と、あやめは言った。

爽香は〈Hモール〉の正面入口から表に出た。

日射しがあって、あまり寒くはない。こんな日は客も来てくれるが、雨でも降ったらどうなるか。イベントというものの宿命である。

バス停に向って歩いて行くと、ケータイが鳴った。

「――もしもし」

「あ、爽香さん?」

「爽子《さわこ》ちゃん?」

河村《かわむら》の娘だ。「珍しいわね。どうしたの？」

「聞こえる？」

「ええ。どこから？」

「イタリア」

「え？」

そう聞いて思い出した。河村布子《きぬこ》から、

「爽子がね、今度イタリアのコンクールに出るの」

と言われていた。

「そうか。コンクール？」

「ええ！　パガニーニ・コンクール、優勝した！」

足が止る。

「おめでとう！　凄いじゃない！」

「びっくりした？　まだお母さんにも知らせてない」

「そんな――。早く喜ばせてあげなさいよ」

「だって、お母さん、絶対泣くもん。話が長くなる」

「そんなこと言って！　――本当に良かった。大したものね」

「爽香さんに真先《まつさき》に知らせたかった」

「ありがとう……。私だって泣きそうよ」

と、爽香は笑って言った。

「爽香さんを泣かせるのが人生の目標だった。やった！」

「何言ってるの。――でも、よくやったわね」

「私――本当に今になって思う。私一人の力じゃないって。お父さんは退職金を私のヴァイオリンに使っちゃったし、お母さんは旅行の仕度からおこづかいまで、気をつかってくれたし、達郎《たつろう》も『頑張れよ』って、当日メールくれて……」

「何よ、自分が泣いてるじゃない」

「うん……。あ、これから記者会見。後で見てね」

「ネットで流れるよね、きっと」

「たぶんね」

「でも、一番よくやったのは爽子ちゃんよ。おめでとう」

「これからが大変。――私、プロになるんだ！」

「応援するわ」

「記念リサイタル、やるから、チケット買ってね」

「会社の部下を引き連れて行くわ」

「――もう行かないと。爽香さん、お母さんに知らせといて」

「私が？」

とは言ったものの、いい知らせを伝えるのは楽しい。

早速、学校の布子へ連絡すると、

「——爽香さん？」

「先生、今は……」

「これから授業。どうかした？」

廊下を歩いている足音が聞こえてくる。

「授業、少し遅らせた方がいいですよ」

と、爽香は言った……。


確かに、布子は教室の外で涙を拭って、二、三分は立っていただろう。

そう。授業が終ったら、ゆっくり泣こう。

布子は深呼吸して、教室の戸を開けた。

いきなり、生徒たちがワーッと声を上げたので、面食らった。

「先生、おめでとう！」

と、一人が叫んだ。

「あなたたち……」

「ネットで見てました！　爽子さん、優勝おめでとうございます！」

一斉に立ち上って拍手する。

布子は、「後でゆっくり泣こう」と思っていたのに、今ポロポロ涙を流すことになってしまった。

騒ぎを聞きつけて、隣の教室から教師がびっくりして飛んで来た。

「どうしたんですか？」

「いえ、あの……」

この教室から他の教室へ、メールが回ったのだろう。廊下へ生徒たちが飛び出して来て駆けて来ると、

「河村先生！　おめでとう！」

と、どんどん入って来る。

拍手と歓声の渦が布子を呑み込んで行き、布子の涙はいつ尽きるとも知れなかった……。

10 恨み

会社のビルのロビーへ入って行くと、麻生賢一《あそうけんいち》が誰やらスラリとした美女と話しているのを見て、爽香は、

「麻生君、何のお客？」

と、冷やかすつもりで声をかけた。

「あ、チーフ。お帰りなさい」

と言った麻生と一緒に振り返ったその「美女」を見て、

「まあ、果林《かりん》ちゃん？」

と、目を丸くした。

麻生の妻、寿美代《すみよ》の連れ子の果林だった。しかし、ちょっと見ない内に、この名子役は麻生の背丈を追い越し、モデルのようにスラリと脚の長い美女に変身していた。

「爽香さん、久しぶり」

笑顔になると、さすがに分るが、

「見違えた！　もう十五だっけ？　大人だね」

「英子さん、どうですか？」

と、果林は真顔になって訊いた。

「ああ、そのことで？」

果林は、栗崎英子と、「おばあちゃんと孫」の役でしばしば共演、英子から「子役といってもプロの役者」と、心構えを叩き込まれた。

今も、英子を実の祖母のように慕っている。

「手術するのよ。――まあ年齢《とし》だから、安心はできないけど、当人は元気一杯」

「そう。だったらいいけど……。もし具合悪かったら、お見舞に行くの、いやがるかしらと思って」

「それは大丈夫。もしできたら顔を見せてあげて」

「はい！」

と、果林は肯いた。

そして麻生の方へ、

「お父さん、今日帰りに英子さんのお見舞に行こうよ」

と言った。

「うん、そうだな。チーフ、今日残業しないで帰ります。寿美代の誕生日で」

「まあ、いいわね！」

「家族で食事することになってて。その前に病院へ寄って行きます」

「喜ぶわ、栗崎様」

と、爽香は肯いて、「いいことは続くわね」

「何かあったんですか？」

爽子のコンクール優勝のニュースを教えると、果林は飛び上って喜んだ。その瞬間は普通の十五歳に戻ったようだ。

「果林ちゃん、このところドラマで見ないわね」

「高校受験があるんで、しばらく仕事を減らしてます」

「それはいいことね」

「高校に入ったら、海外留学もしたいし。ね、お父さん？　いいんだよね？」

「ああ……。心配だけどな」

と、麻生は浮かない顔になって、「ねえ、まるで日本語の通じないボーイフレンドでも連れて来られたら……」

爽香は笑ってしまった。

「じゃ、日本語の分る子ならいいの？」

「そう言われると……。留学について行こうかな。出張扱いになりませんか？」

「なりません」

と、爽香は真顔で答えた……。

「じゃ、お父さん、五時にこのロビーで待ってるね」

と果林は手を振って出て行った。

「早いわねえ、大人になるのは」

と、爽香はため息をついた。「珠実《たまみ》ちゃんも、その内『留学したい』とか言い出すのかしら」

「まだ四つでしょ。いくら何でも――」

「でも十年たてば十四歳。十年なんてアッという間よ」

二人はエレベーターへと向った。

「〈Hモール〉の方は？」

「大盛況。お天気も味方してくれたしね」

「チーフの心がけですよ」

「よして」

エレベーターが来ると、ちょうど社長の田端が外出から戻って来て、一緒になった。

「今見かけた美人、果林ちゃんか？　大人になったな！」

と、田端が首を振る。

爽香が、果林の留学の話を聞かせると、田端は笑って、

「どうせいつか子供は出て行くよ。——今は留学したがらない子が多いと言うから、結構じゃないか」

エレベーターを降りて、爽香はふと、

「社長、お話があります」

「うん、何だ?」

「今、お時間は——」

「会議まで、まだ少しあるよ」

社長室に入ると、爽香は、

「今思い付いただけなんですけど」

と言った。「若い人たちに留学の機会を用意するプロジェクトって、どうでしょう?」

田端は目を見開いて、

「今の話で思い付いたのか? いや、君らしいな」

「引きこもりが問題になっていますけど、若い人たちがさっぱり外国へ出て行こうとしない今って、みんなが日本の中に引きこもってる状況だと思うんです」

爽香は腰をおろして、「もちろん、いつものことで、『杉原はまた儲からない仕事ばっかり見付けてくる』と言われるかもしれませんけど。若い人はTVやネットで外国とつながって

いるつもりでいますが、やっぱり現地に行って、そこの空気の中で暮さないと分らないと思うんです」

「それは確かだな」

「私自身、留学したこともないのに、こんなプランを立てるのって変かもしれませんが、若いころ、もし行ける環境だったら、きっと行ってたと思います。――勉強の成績も問題ですけど」

「留学か。――まあ、日本の大学、向うの大学、文科省……。色々厄介だろうけどな」

「分ってます。大学と限らず、高校でもいいと思うんです。むろん、すぐ実現なんて不可能ですが、現状を調べてみてもいいでしょうか」

「うん、それは構わんよ。旅行会社も係《かかわ》ってくるだろうし、公的な機関もあるしな」

「分っています。私企業にできることがないか、調べてみたいんです」

「分った。本業のイベントもあるし、大変だろう」

「手は抜きません」

「よろしく頼むぜ」

爽香は立ち上って社長室を出ようとしたが、

「――すみません」

「どうした？」

「お礼を申し上げるのを忘れていました。主人はスクールバスを正式に走らせ始めました」

「ああ、それは良かった。――いや、実はお袋が〈S学園〉に知り合いがいてね。向うへ問い合せたらしい。先方も、とてもいいドライバーだと喜んでいたそうだ」

「ありがとうございます」

爽香は深々と頭を下げた。


「チーフ」

と、席に戻った爽香に、麻生が声をかけた。「お電話です。〈3〉に」

「どこから?」

「畠山さんって女の方です。〈Hモール〉の……」

「ああ、分ったわ」

爽香は席について電話を取った。「――お待たせしました、杉原です」

「どうも。畠山康代ですけど」

「色々お世話になりました、腰はいかがですか」

「ええ。大したことないの。おかげで楽してるわ。少し前から、また人が増えて」

「良かったですね。お力添えいただいて、本当にありがとうございます」

爽香は、今日の〈Hモール〉での〈産地直送〉の販売に関して、畠山康代とくり返し打合せしていてよく知っている。

「それでね、電話したのは……。あなた、永松って人、知ってる?」

「永松……。そこの人ですね」

「ええ。さっきここのテントにやって来てね」

「はあ」

「あなた、この人に恨まれてるの?」

「といいますか……。私が出しゃばり過ぎるとお考えのようで。永松さんが何か?」

「告げ口に来たの、あなたのことで」

「何のことでしょうか」

「あなたのことっていっても、ご主人のことでね」

爽香はちょっと黙っていたが、

「——主人の前科のことでしょうか」

「そう」

「〈Hモール〉の清原社長や、モールの商店会の主な方にはお話ししてあります。そちらには特に申し上げなかったんですが」

「いいのよ。私も、山形さんっていったっけ、スーパーの人。あの人から聞いた」

「そうでしたか。お話しするべきだったかもしれません……」

「ちゃんと服役して出て来られたんだから、そんな必要ないわよ。私の弟も、若いころ詐欺《さぎ》で捕まったことがあるの。馬鹿よね」

「はあ……」

「ただ、あの永松さん、あちこちで言いふらして歩きそうだから、私がガツンと言ってやろうか？」

「いえ、そんな。——ありがとうございます、お知らせいただいて」

「あなたは本当によくやってるわ。あんなおやじが何言おうが気にしないでね」

「本当にどうも……」

爽香は胸が熱くなるのを感じていた……。


畠山康代は、ケータイをポケットに入れると、コーヒーを飲んだ。

〈Hモール〉の中の喫茶店に入って電話していたのである。

農家の主婦の畠山康代は、自分ではよく分っていないが、声が大きい。——少し離れたテーブルに清原が座っていたのだが、康代は全く気付いていなかった。

そして康代の話は、すっかり清原の耳に入っていたのである。

「ね、コーヒー、もう一杯」

と、康代が頼むと、

「僕の払いにしてくれ」

「まあ、清原さん？」

康代はびっくりして、「そこにいたの！」

「どうも」

清原は、康代のテーブルへ移ってくると、「今の電話、杉原爽香に、ですね」

「あらま、聞こえちゃった」

「困った奴だ。永松は父の代からの社員でしてね」

「私、あの人から聞いたとは言わないって……」

「しかし、言うに事欠いて、そんな昔のことを。杉原さんのご主人は、スクールバスのドライバーで、立派に働いてますよ」

「ねえ、子供さんもあるんでしょ。――気の毒ね、いつまでも」

「永松も、きっとあなたが話を広めてくれると期待してるんじゃないですかね。あちこちで話すと僕の耳に入ると思うでしょう」

「私、いやよ。逆恨みされたりするの」

「大丈夫です。――しかし、せっかくうまく行ってるイベントが、そんなつまらないことでギクシャクするのはいやですからね」

と、清原は言った。

「うまく言ってね。——私、ケーキももらっていい？」

タイミングが悪かった。

いささか苛々しながら広場へ出た清原は、ちょうど腕組みして〈産地直送〉の売り場を眺めている永松と出くわしたのである。

「あ、社長」

永松は笑顔で、「今日は天気もいいし、大盛況ですね」

「そうだな」

と、清原は目をそらした。

「うまく行けば、話題になるかもしれませんね。この商店会の人も、お客がふえて喜んでらっしゃるし」

清原は、知らない人間を見るような気持で永松を眺めた。——確かに、父の代からの社員で、よく働いてくれたし、今の時代には合わないところもあったが、少なくとも仕事の上では力になってくれると思っていた。

それが、イベントの足を引張るような真似をしておいて、この笑顔だ。

腹が立った。

「——どうかしましたか、社長？」

「残念だったな」

「何がですか？」

「このイベントが失敗してくれたら、と思ってたんだろ」

永松は言葉を失って、清原を見ていた。

「聞いたよ、畠山さんから」

「社長――」

「やることが汚いぞ。杉原さん当人と関係ない、旦那の過去を言いつけたりして」

「私はただ、万一のことが――」

「畠山さんはちゃんと知ってる。残念ながら他の人に言って回ったりしないぞ。あの人は杉原さんのこともよく知ってるんだ」

永松の顔から血の気がひいた。

「そんな……。社長、私は決して――」

「もういい」

と、清原は遮って、「オフィスに戻ってろ」

清原はさっさと行ってしまった。

――永松は、身を震わせて立ちすくんでいた。

こんな……。こんな仕打ちはひど過ぎる！

俺は何十年も会社のために働いて来たのだ。それなのに……。

あの社長が子供のころから、ずっと見て来たのだ。それがこんな……。

「畜生！」

永松は、〈Hモール〉の中を、むやみに大股で歩き出した。

「あいつのせいだ！」

杉原爽香の言葉に、清原は手もなく騙《だま》されているのだ。——今に後悔するときが来る。

しかし、その前にこっちがクビになりかねない。

「黙ってるもんか」

あんな小娘に、俺の人生を台なしにされてたまるか！

永松は気が付くと、〈Hモール〉の外に出てしまっていた……。

11 凱旋

「はい、緊張しました」

と、河村爽子は答えた。「出るからには優勝したいですし。舞台袖で待ってる間、膝が震えて立ってるのがやっとでした」

「でも、とても落ちついて見えましたよ」

と、マイクを手に、記者の女性が言った。

「出てしまうと――。いつもそうなんです。舞台に出ると、開き直るっていうか、スッと冷静になって」

爽子はカメラのフラッシュを浴びながら、「でも、きっとそれは誤解で、たぶん凄くあがってるんだと思います。必死に音楽に集中していました」

記者会見は、クラシック音楽の演奏家のものにしては盛況だった。

一つには間違いなく――。

「可愛い！」

と、TVを見ながら、久保坂あやめが言った。「爽子ちゃん、可愛くなりましたね」

「そうね」

と、爽香も熱心にTVを見つめて、「母親に似たのね」

確かに、爽子はクラシック音楽の世界では目立つ華やかさを持っていた。

「爽子ちゃん、スターになりますよ」

と、あやめが言った。

「今は騒がれてるけど、顔だけじゃやっていけない世界よ」

「アイドル性充分ですよ、でも」

アイドル扱いされて、演奏家として伸び悩む危険はあるだろう、と爽香は思った。

しかし、爽子はそんなことで浮かれる子ではない。両親の苦労をよく知っている。今も冷静に受け答えをしていた。
二、三の平凡な質問に答えて、記者会見は終った。
「もうちょっとましなこと、訊けないのかしら」

と、あやめが文句を言った。

「本当ね」

と、爽香も苦笑していた。

普通の芸能人に訊くようなことばかりだ。およそ音楽の知識などないのだろう。

TVに、白髪の有名な指揮者が出ていた。

「あ、この人、何ていいましたっけ」

と、あやめが考えていると、字幕が出た。

「そうだ！　和泉広紀《いずみひろき》。——すてきですよね。ちょっと堀口さんに似てる」

「でも、まだ六十くらいでしょ」

「年齢は大分違いますけど」

和泉広紀は、確かに「スター指揮者」の一人だ。爽子の師でもあるらしい。

「——当然の結果でしょう」

と、インタビューに答えて、「しかし、コンクールは出発点です。コンクールに勝っても、三年で九割は消える。河村君には、ぜひ精進して、活躍してほしいと思います」

画面では、爽子が和泉広紀の指揮で、ヴァイオリン協奏曲を弾くコンサートが予告されていた。曲はもちろんパガニーニだ。

「行かなくちゃ！」

と、あやめが張り切っている。

爽香のケータイが鳴った。布子からだ。

「——もしもし」

「ごめんなさい、仕事中に」

「お昼休みですよ、先生」

と、爽香は言った。「今、TVの記者会見、見てました」

「ええ、私も。怖くて半分目をつぶってたけど」

「爽子ちゃんからは？」

「これから帰るってメールが」

「ゆっくり休ませてあげて下さい」

「ええ、そうするわ」

と、布子は言った。「あなたには感謝してる。ずっとあの子を支えてくれて」

「そんなこと――。見当違いですよ。爽子ちゃんを支えたのはご家族です」

「過去形じゃ済まないのよね。大変なのはこれからだって、和泉さんもおっしゃってた」

「指揮者ですね、さっきの？　爽子ちゃんの先生なんですか？」

「指揮者だから、直接教わったわけじゃないけど、コンクールで協奏曲を弾くときのために、ピアノで伴奏して指導して下さったの」

「そうですか」

爽香は、布子の口調の微妙な雰囲気に気付いていた。「もしかして、爽子ちゃん、和泉って人に――」

「まあ……。どうして分るの？」

「長いお付合ですから。先生の考えてることは何でも分ります」

「私が心配してるだけかもしれないんだけどね。――もちろん和泉さんは立派な方だし、奥さんもいらっしゃるし……。爽子が一方的に憧れてるだけかもしれないけど」

「爽子ちゃんも二十歳《はたち》ですもの。恋ぐらいしなきゃ、その方が不自然ですよ」

「ええ、そうね」

「でも、爽子ちゃんは、自分を見失うような子じゃありません。信じてあげて大丈夫ですよ」

「あなたがそう言ってくれると安心するわ。もし、あの子が悩んでるとしたら――」

「きっと私の方へ言って来ますね。ちゃんと話を聞いてあげますから」

「そのときはよろしく」

「お祝いの食事でもしましょうよ」

「そのつもりよ。あなたも一家で来てね。連絡するから」

――爽香が通話を切ると、あやめが話の中身を察したようで、

「本当なんですか？　あの指揮者と？」

「私に訊かれてもね」

「でも、凄くもてるって話は聞いてます。今でも、有名なピアニストとか、三人くらいは彼女がいるそうですよ」

「よく知ってるわね」

「友だちが音大出てオーケストラに入ってるんです。二、三度和泉さんの棒で弾いたことがあるって言ってましたけど、そのときのソリストだったピアニストともアッという間に……」

「大人同士だもの、とやかく言っても仕方ないわよ。あやめちゃんだって、九十歳の堀口さんとお付合してるんだしね」

「そうですけど、お付合ったたって……。あの先生、私に何点か絵をくれるって言ってるんです」

「へえ！　一財産じゃない？」

「だからいやなんです！　万一のとき、そんな遺言でもされてたら、私、先生の相続人の人たちから何て言われるか……」

あやめは口を尖《とが》らした。——確かにお金が絡むと、人はとんでもなく変る。

「そうね。ご遠慮しといた方が良さそうね」

「何度もそう言ってるんですけど。年寄は言い出したら聞かないんで」

画壇の大巨匠に向って、「絶対いらない！」とか言っているあやめを想像すると、爽香はおかしかった。

昼休み、ケータイで河村爽子の記者会見を眺めている人間がいた。正確には二人の人間だった。

「いいわね、初々《ういうい》しくて」

と、滝井縁は言った。「――どうかした？」

一緒にケータイを見ていたのは有本だった。

「いや……。僕はちっとも初々しくないな、と思ってね」

大真面目なその言い方に、縁はふき出しそうになった。

有本は、もう企画部に移っていた。

「経理にいたのに、こんなにすぐ、引継ぎもなくて企画部へ行けるなんて、いかに役に立ってなかったかってことだよ」

「そんなに理屈つけて、自分のことけなして面白い？」

「面白くないけど……。事実だから」

「それより、今度の週末、忘れないでね」

と、縁は念を押した。

縁は有本を旅行に誘っていた。一泊で、むろん二人きりの旅である。

有本がいささか元気がないのは、その心配もあってのことだったかもしれない。

「大丈夫よ」

と、縁は言った。「一緒に泊ったからって、責任取って結婚しろ、とか言わないから」

そんなことを言われると、ますます緊張してしまう有本だった……。

「それより、今度のイベントね」

と、縁は言った。「何かいいアイデアがあったら、って部長に言われてる」

「ああ……。そうだったね」

と、有本は肯いて、「今の子なんか、いいね」

「今の子？」

「今、ＴＶに出てた。パガニーニ・コンクールの――」

「ああ、『初々しい』子ね」

と、縁は肯いて、「有本さん。それって、悪くないわよ。――まだこれから伸びるアーティスト。今度のイベントにぴったりじゃない？」

「そう……かな」

「ともかく、何でも思い付いたことを出してみるの！　それが企画部よ」

縁は手帳を取り出すと、「今の子――何ていったっけ？」

「河村爽子。――たぶん」

「そうそう。そうだった。調べてみましょ。どこに当ればいいのか」

「二十歳っていえば、まだ大学生だろ。イベントなんかに出るかな」

と、有本は言った。

「だめな理由より、うまく行く理由を考えて！」

と、縁はメモして、「結果がだめなら、そのときに理由を考えればいいの」

「そんなものか」

「そう。そんなものなの」

縁は微笑んで、「これはあなたの企画、第一号よ」

と言った……。


「さようなら！」

最後の子がバスを降りる。

「さよなら」

と、明男は笑顔で返した。

「ありがとうございました」

待っていた母親が、明男に会釈した。

明男は会釈を返して、スクールバスを動かした。

空になったスクールバスは、たった一人の生徒の重みが失《な》くなっただけで、ずっと軽くなったようだ。

少し行って、明男はバスを停めると、運転席から立って、バスの中を奥へと歩いて行った。

忘れ物がないか、チェックするのだ。

降ろす所では長く停めておけないので、こうして車の少ない道で停める。

「――よし、と」

戻りかけて、座席の下に何か光る物を見た。かがみ込んで拾うと、鞄《かばん》に付けていたマスコットの人形らしい。

誰の物か分らないが、どうせ明日もこのスクールバスに乗るのだ。持っていればいいだろう。

明男は運転席に戻ると、ケータイを手にした。

「――もしもし」

「ああ、ご苦労さん」

と、前のドライバー、久松の声。

「今、最後の生徒さんを降ろしました」

「ああ、大宅《おおや》みさきちゃんだな」

「ええ、そうです」

「可愛いだろう。――俺もあんな子がいたら良かった」

「そうですね」

「もう毎日電話してくるには及ばないよ。何か訊きたいことがあったときにかけてくれ」

「はあ。――ですが、やっぱり久松さんの声を聞くと安心します」

「まあ、俺はどうせ暇だから構わんがね」

「じゃ、また明日」

「ああ。お疲れさん」

明男は通話を切ると、息をついて、ペットボトルの水を飲んだ。

すると――バスの乗降口の扉を叩く音がした。びっくりして見ると、さっき降ろした大宅みさきの母親だ。

扉を開けて、

「どうしました？」

と、明男は訊いた。

「すみません。ここに停《と》まってるのが見えたものですから」

と、母親が言った。「この子が、鞄に付けていたお人形さんを失くしたと言っていて。もしかしたら、バスの中にと――」

「ああ、これですね」

と、さっき拾ったマスコットを取り出す。

「それです！　本当にすみません」

「いやいや。下げてたチェーンが切れたんですね。取り換えれば大丈夫ですよ」

「そうします。どうも――」

と、母親が受け取る。

すると、娘が、

「おじちゃん、直して」

と言った。

「え？」

「だめよ、みさきちゃん。ママが直してあげるから。ね？」

「でも、ママ、なかなかやってくんないんだもん」

「そんなこと……」

と、母親は苦笑して、「すみません。じゃ、これで……」

「パパに直してもらったら？」

と、明男が言うと、

「パパはいないの。死んじゃった」

と、みさきが言ったので、明男は焦って、

「それは――。失礼しました。詳しいことをまだよく分っていなくて」

「いいえ、とんでもない。――さ、帰りましょう」

「みさきちゃん、だっけ」

と、明男はその子の頭に手を当てて、「明日でよければ直しておくよ」

「うん！　直して」

「よし、分った。じゃ、直して明日持って来てあげる」

「約束ね」

「ああ、約束だ」

「申し訳ありません」

と、母親は恐縮している。

「いえ、これぐらいのこと。——じゃ、また明日」

「ありがとうございます！　私、大宅栄子《ひでこ》と申します。ご親切に」

と、何度も頭を下げて、みさきの手を引いて立ち去る。

「可愛いな」

と呟くと、明男は運転席に戻って、つい微笑んでいた……。

12 経過

その日は朝から落ちつかなかった。

爽香も、朝九時からの会議で、心ここにあらず、という具合だった。

今日は栗崎英子の手術なのである。

本当なら、会社を休んで病院に行っていたいところだが、英子がいやがると分っていたので、そうしなかった。

あまり早く連絡が入ると、それは良くない知らせのことが多い。つまり、開いてみたが、すでに手の施しようがないので、そのまま閉じた、という可能性がある。

といって、あまり長時間かかったら、何といっても年齢《とし》が年齢《とし》である。体力がもつかどうか……。

手術は午前十時から、と聞いていた。爽香は、会議の間もチラチラと時計へ目をやっていたのだった……。

昼食は、久保坂あやめと一緒に取った。一人では考え過ぎてしまいそうだ。

もちろん、あやめも事情は分っていて、爽香に劣らず心配していたが、二人はサンドイッチをつまみながら、英子の名も、手術のことも、一切口にしなかった。

ケータイが鳴る度《たび》に、爽香は心臓が飛び出しそうなほどびっくりした……。

マネージャーの山本しのぶから連絡が来ることになっているのだ。

昼の一時五分前になって、

「戻ろうか」

と、爽香が腰を浮かしたとき、またケータイが鳴った。

「清原さんだわ。――はい、杉原です」

〈Hモール〉の管理会社の社長だが、爽香にじかにかけてくることは少ない。何かあったのだろうか？

「やあ、昼休みだろ。邪魔して申し訳ない」

清原にしてはいやに殊勝だ。爽香はちょっと不安になった。

「〈Hモール〉に何か問題が？」

と訊いた。

「いや、個人的なことでね」

「個人的とおっしゃいますと？」

「永松のことなんだ」

「ああ……。まだ私に何か……」

「この間、例の〈産地直送〉の畠山さんから電話があったろ？」

「ええ、憶えています」

清原は、その後、永松についきつく当ってしまったことを説明して、

「言わないつもりだったんだが、申し訳ない。つい、腹が立ってね」

「お気持は分ります」

と、爽香は言った。「でも、永松さんはきっと清原さんでなく、私を恨んでいますね」

「それなんだ」

と、清原が言った。「今日、この間の〈産地直送〉の決算が出てね。予想以上に利益があったと、みんな喜んでた。ただ、何しろ売る方も素人で、おつりを間違えたり、その場で適当にまけたりしてるから、そうぴったりと金額が合わない。一人、やけに細かい人がいて、うちだけ儲けが少ないと言って来たんだ」

「それはあのグループの中の問題ですね」

「うん、畠山さんが頭に来て、その人とやり合ったらしい。その話を聞いて、また永松が――つまり、君のことをその人に話したらしくてね」

「主人の前科のことですね」

「そう。それを聞いて僕も頭に来てね。他の社員の前で怒鳴りつけてしまった。永松はその

場で『辞めます』と言い出し、僕も『じゃ辞めろ！』と言って……。永松は出て行った」

「そうですか。それで、私のことを心配して下さったんですか？」

「それだけじゃない」

と、清原は言った。「永松は出て行くときに、登山用品のナイフを買って行った」

「いいわね！」

と、あやめが厳しい口調で言った。「万一のときは、チーフを守って刺される覚悟でいるように！」

「ちょっと、ちょっと」

と、爽香は苦笑して、「何もそこまでしなくても——」

「だめです！」

と、あやめは遮《さえぎ》って、「チーフの命は、チーフ一人のものじゃありません！」

「それは誰でも同じでしょ」

「いや、久保坂君の言う通りですよ」

と、麻生が言った。「いざってときは、体を張ってチーフを守ります」

「私も！」

と、他の面々も声を合せた。

「ありがとう。——でも、人間、そう簡単に人を殺したりしないわよ。心配してくれてありがたいけど」

「差し当り、僕がチーフのそばにいるようにします」

と、麻生が言った。

「頼むわよ！」

あやめの目つきは迫力満点だった。

爽香はパソコンに向った。

それにしても、永松の気持も分らないではない。自分が誰よりも〈Hモール〉のことを分っているという自負があったろう。

しかし、爽香は爽香で、やるべき仕事をやっただけなのだ。——そんなつもりはなくても、人は他人を傷つけていることがある。

ケータイが鳴って、ハッとした。

永松のことに取り紛れて、栗崎英子のことを忘れていた！

「杉原です！」

「あ、山本です」

英子のマネージャーの声は明るかった。「手術、無事終りました。先生は大成功とおっしゃって」

「今はまだ麻酔が効いていて。きっと、映画に出るという目標がありますから、回復されますよ」

「良かった！」

「そうですね。私も、落ちつかれたら伺います」

爽香は、いつの間にか涙ぐんでいる自分に気付いた。

いくら気丈な英子とはいえ、八十を過ぎて大きな手術を受けたのだ。一人、病院のベッドで眠っている英子の姿を思い浮かべると、つい涙が出て来てしまう。

——爽香の話を聞いて、あやめたちも拍手した。

「ごめん」

と、爽香は席を立って、「ちょっと顔を洗ってくる」

と、ハンカチを手に言った。

化粧室で、一人鏡を覗くと、また涙が出てくる。

「まだまだ死なないで下さいね」

と、爽香は鏡に向って言った……。

顔を洗って、息をつくと、

「仕事、仕事」

と呟く。

化粧室を出た爽香は、ふと思い立って、エレベーターホールでポケットのケータイを取り出して、明男へかけてみた。

「——今、どこ?」

「休憩中さ。栗崎さん、どうした?」

「うん、今、山本さんから連絡があってね」

爽香はエレベーターが上って来て、扉が開くのを見た。——永松が立っていた。

永松も、まさかエレベーターの目の前に爽香がいるとは思わなかったろう。一瞬、目を見開いて立ちすくむ。

爽香はとっさに階段の方へと駆け出した。オフィスの中へ逃げ込めば、誰がけがするか分からない。

永松が一瞬遅れてエレベーターから出ると爽香を追いかけた。手にはポケットから取り出したナイフがあった。

爽香は階段を数段下りたところで、隅へ身を寄せた。

永松が焦ってバタバタと走ってくる。爽香を追って階段を下りようとした永松には、爽香の姿が目に入らなかった。

爽香は手すりにつかまって、片足を思い切り伸ばした。永松は急いで階段を下りようとして、バランスを崩していた。

そこへ爽香の足につまずいたから、アッと声を上げる間もなく、頭から突っ込むように階段を転げ落ちて行った。踊り場に体を叩きつけるようにして止ったものの、呻《うめ》き声を上げて起きられない様子だ。

爽香は急いでオフィスの受付へ走って行くと、

「ガードマンを呼んで！」

と叫んだ。

その声を聞いて、麻生が飛んで来る。

「チーフ、何か――」

「階段の踊り場に……。でも、行っちゃだめ！　刺されたら大変」

爽香は今になって青くなった。――ちょうどエレベーターの方を見ていたから良かったが……。

「あ、いけない！　――もしもし？」

ケータイで明男と話していたのを忘れていた！

「おい、どうしたんだ？」

と、明男が言った。「何かあったのか？」

「あ……。まあね。ちょっと刺されそうになったの……」

「何だって？」

「栗崎様のことだけど——」

と、爽香は話を続けたのだった。

「全く物騒なことを……」

と、明男は呆れたように言った。

「でも、大丈夫だったんだから」

「当り前だろ」

と、明男はむくれている。

〈G興産〉の応接室を借りて、爽香は足首に湿布をしていた。

永松を引っかけたとき、足首をしたたかけられたわけで、膨《は》れてしまったのである。そのときは痛みを感じなかったのだが、後になって痛くなって来た。

「歩けるか？　今日は車で帰れよ」

「でも、タクシーで帰ったら高くかかるよ」

「そんなこと言ってる場合か！　骨折してないか、ちゃんと調べてもらえよ」

「折れてたら、こんなものじゃないよ」

と、爽香は言った。「それに、警察の聴取があるでしょ」

「しかし……」

と、明男は苦笑して、「本当によく生きてるな、お前」

——永松は足を骨折したらしく、あの踊り場から動けずにいたので、ガードマンがナイフを取り上げ、警察を呼んだ。

「人に恨まれるっていやね」

「仕方ないさ。誰にも恨まれない、嫌われないなんてこと、不可能なんだ」

「うん……。分ってるけど」

応接室に、あやめが顔を出した。

「チーフ、清原さんです」

「まあ」

座り直す間もなく、清原が入って来た。

「清原さん」

「申し訳なかった！」

と、清原が深々と頭を下げる。

「いいんです」

「良くない！　僕があんな言い方をしなければ……」

「だからって、人を刺したりしませんよ、普通は。もう、事件は警察の手に移ったんですから」

「そう言ってくれると、却って辛いよ」

「じゃ、一つお願いしていいですか?」

「何でも言ってくれ」

「今日、帰宅するタクシー代を持って下さい」

「分った。任せてくれ。その足……。痛むだろ?」

「足の痛みはじきにひきます。でも心の傷は消えませんからね」

「うん、それは……」

「私じゃなくて、永松さんのことです」

と、爽香は言った。「私のことだけで、あんな行動に出たわけじゃありませんよ。これまで自分のやって来たことを否定されたように感じて苛々していたんでしょう」

「もう少し僕にも、気のつかいようがあったのかな……」

清原は真剣だった。「ともかく——」

「〈Hモール〉へ戻って下さい。色々噂が広まる前に、本当のことを」

「分った」

清原は肯いて、「ご主人ですね」

と、明男を見ると、

「いい奥さんがいて、幸せですね」

そう言って、清原は出て行った。

13　湯煙

「わあ！　空気が冷たい！」

マイクロバスを降りると、滝井縁は思わず首をすぼめて声を上げた。

「そうだね」

有本は息をついて、「普通にしゃべるだけでも、こんなに息が白くなるんだ」

「さすが山の中ね。でも、空気が澄んでていいわ」

「うん……」

二人は、駅からの送迎バスに乗って、山の中の温泉旅館にやって来たのである。

「いらっしゃいませ」

和服姿の女性が出迎えてくれる。「滝井様でいらっしゃいますね。お待ちしておりました」

「よろしくお願いします」

縁は笑顔で言った。

「すぐお部屋へご案内いたしますので」

他にも、送迎のマイクロバスには三、四人の客がいた。

旅館といっても、造りは新しく、明るい。ロビーのソファに座っていると、さっきの女性が、

「恐れ入ります。〈宿泊カード〉にご記入を。――お一人だけでも結構ですが」

「いや、書きますよ」

と、有本は言った。「その方がいいよね」

「どっちでも」

と、縁は言った。「じゃ、私の名前も書いといて」

有本は、カードに〈有本哲也〉と書いて、それからもう一つの欄にどう書いたらいいのか迷った。

「ただ、〈縁〉でいいわよ」

「だけど……」

と、有本は言いかけたが、縁の笑顔を見ると、「じゃあ……」

ただ、〈縁〉と書いた。これじゃまるで夫婦だな、と思いながら。

「――ご準備ができましたので」

と、その女性が言った。「ここの女将《おかみ》でございます。どうぞよろしく」

「こちらこそ」

有本は几帳面《きちょうめん》に挨拶を返して、縁が笑いをかみ殺していた。

「――山がよく見えるお部屋でございます」

と、女将が案内する。

「温泉はいつでも入れるんですか」

と、縁が訊いた。

「はい。午前四時ごろお掃除に入りますが、それ以外の時間は、いつでもお入りいただけます」

女将は部屋の戸を開けて、「――どうぞ、お入り下さい」

畳の部屋と洋間があって、ダブルベッドが置かれている。

「やあ、広いな!」

と、有本は言った。

「ただ今お茶をお持ちします」

と、一旦女将が退出すると、

「ずいぶん若い女将さんね」

と、縁が言った。「着物を着てるから落ちついて見えるけど、三十少し過ぎたくらい?」

「うん……。僕は女性の年齢って、さっぱり分らないんだ」

と、有本は言った。「でも……いいのかい、同じ部屋で」

「こんな広い部屋に私一人で置いてくつもり?」

と、縁は笑って、「いくら寝相が悪くても、あのベッドから落っこちないわ」

「滝井君……」

「もう考えないで」

と、縁は有本の唇に指を当てて、「楽しめばいいのよ、気楽に」

「そうだな……。そう言ってくれると安心するよ。ただ——」

縁は有本にキスして、言葉を遮った。

有本は、どう考えていいか、分らなかった。

もちろん、滝井縁の気持を疑うわけではない。有本に好意を持っていることは確かなのだろう。

しかし、それは、縁がまだ有本を普通の男だと思っているからだ。彼女が有本の本当の姿を知ったらどうなる?

「夕飯の前に、一度お風呂に入らない?」

と、縁は言った。

「うん……」

旅慣れない有本は、「普通何回くらい入るんだろ?」

と言った。

「そんなの自由よ。でも一度は入らないと、何しに温泉に来たのか分らない」

「そりゃあもちろん入るけど……」

「じゃ、浴衣に着替えましょ」

——女将がお茶とお菓子を持って来て、二人はそれをつまんでから、旅館の浴衣に替えて、部屋を出た。

これは現実なのだろうか？　——有本は、シャボン玉がはじけるように、この旅館も滝井縁もパッと宙に消えてなくなってしまうのではないかと思った……。

しかし、大浴場の前で、〈男湯〉と〈女湯〉に分かれて入るときも、熱めの湯にいささかのぼせながら出て来たときも、何一つ消えてなくなりはしなかった。

廊下のソファでほてりを冷《さ》ましていると、

「あら、早かったのね」

縁が赤い顔をして出て来た。

さっぱりとしたその表情は、初めて見る縁だった。化粧していない素顔は爽やかだった。

「——どうしたの？　私の顔に何か付いてる？」

「いや……。素敵だよ」

と、有本は言った。

「そんな……。突然何よ」

「本当だよ。とてもきれいだ」

「嬉しいわ」

縁は有本の肩に手をそっとのせると、「いい夜にしましょうね」

と言った。

そして、ちょっと左右へ目をやってから、素早く有本にキスした。

「さあ、夕ご飯」

と、有本を促す。

二人はごく自然に手をつないで、大浴場から部屋へ戻ろうとして、旅館の玄関前のロビーを通り抜けようとした。

そのとき――玄関から入って来た男がいた。何気なくそっちを見ていた有本と目が合う。見たことのない男だったが、同時に有本はその男をよく知っていた。疲れた中年男で、目に暗い光をたたえていた。

その目は、有本の目と似ていた。いや、似ていると有本は思った。

「――どうしたの？」

と、縁は言った。

「いや、何でもない」

縁はチラッとその男の方を見て、

「お客らしくないわね」

と、小声で言った。

「うん……」

そこへ、女将がやって来て、

「あら、お湯はいかがでしたか?」

と訊いた。

「ええ、とても気持よくて」

「お肌がツルツルになりますよ。ぜひ何度も入られて下さいね」

そう言って行きかけた女将は、玄関の人影に、「いらっしゃいませ」

と会釈したが――。

女将の足が止って、

「まあ……。どうしてここへ?」

仕事の口調ではなくなっていた。動揺しているのが、はた目にも分った。

「捜したぞ」

と、その男は女将に言った。

「捜さないでと言ったでしょう」

女将の声は上ずっていた。

「お前が勝手にそう言っただけだ」

「何よ、今さら……」

女将は、有本たちが立ち止っているのに気付いて、「あの——どうぞ行かれて下さい」

「失礼しました」

縁がそう言って、有本を促した。

二人は廊下を少し行くと、

「あの女将さんのこと、追って来たのね」

と、縁は言った。「何だか複雑な事情がありそう」

「そうだね」

「私たちには関係ないことだわ」

と、縁は有本の腕を取って、「行きましょう」

と言った。


食事はまあ、この類《たぐい》の温泉旅館の標準的な量と味だった。

「はい、ご飯」

縁がご飯をよそってくれた。それは有本にとって感動的な出来事だった……。

仲居が膳をさげに来て、

「ベッドでおやすみになりますか？　お布団をお敷きしましょうか」

と訊いた。

縁は有本をチラッと見て、

「ベッドで寝ますから」

「かしこまりました。どうぞごゆっくり」

時が過ぎて行く。――有本は、本当に縁と寝るのかしら、とくり返し考えた。

いや、本音を言えば、縁をがっかりさせるのが怖かったのだ。

「――ああ、いいわね、のんびりして」

と、縁は伸びをして、「もう一度、お風呂に入ってから寝ましょう」

「うん」

その時が少し先に延びて、有本はホッとした。

タオルを手に二人で再び大浴場へ向った。玄関ロビーの辺りで、自然足が止り、

「どうしたかしら」

と、縁が言った。

むろん、さっきの女将と男のことを言っているのだ。――有本は、ふと思った。

縁が有本に失望して、「もうこれきり」と言われたら、どうなるだろう？

俺も、さっきの男のように、縁につきまとい、追って行くかもしれない。俺はそういう男

なのだ。縁はそれを知らない……。

「行きましょ」

と、縁が言ったときだった。

大浴場への階段の辺りで、女の悲鳴が上った。一人ではない。

バタバタと駆けて来る足音。そして、若い女性が三、四人、ロビーに駆け込んで来た。

「男の人が――ナイフ持って」

と、声を震わせて、「誰か一一〇番して！」

旅館の人間がやって来ると、

「どうしたんです？」

「女将さんが――殺されそう！」

「女将さんが？」

「〈女湯〉の入口の所で、急に男の人が女将さんにナイフを突きつけて……」

「おい、警察を呼べ！」

怒鳴り声が交錯《こうさく》する。そして――ロビーが凍りついたように静かになった。

さっきの男が、女将を背後から抱きしめるようにして、喉にナイフの刃を押し当てている。

「邪魔するな」

と、男は言った。「俺はこいつと死ぬんだ。ここから出て行く。おい！　靴を出せ！」

「やめて……。どうしてよ？」

女将はかぼそい声で言った。

「今さら何言いやがる！」

「お願い……。言うことを聞くから……殺さないで」

「お前の言うことなんか信じられるか。もう決心したんだ。俺と一緒に死ね」

男がじわじわとロビーを進んで来る。——泊り客が何人もやって来て、離れて眺めていた。

ロビーに敷いたカーペットの端に、男がつまずいてよろけた。女将が男を突き放して逃げようとしたが、男は女将の腕をつかんで床へ押し倒した。

「近寄るな！」

うつ伏せになった女将の上に片膝をのせると、男はナイフを振り回した。「こっちへ来るな！」

女将が泣き出していた。男は肩で息をつくと、

「この女はな、俺を騙して、金を巻き上げて姿をくらましたんだ。殺されたって自業自得だ！」

「あんた……」

「哀れっぽい声出すな！　もう騙されないぞ」

——有本は、奇妙に冷静になっていく自分に気付いていた。その男に親しみさえ感じてい

たのだ。

そうか……。俺が「殺される」ことになっていたのが、今なのかもしれない。

この男も、それを知らないが、何か大きな力に動かされて、ここにいるのかもしれない。

有本が一歩前へ出た。縁がびっくりして、

「有本さん！　どうしたの？」

「いいんだ。大丈夫」

「大丈夫、って……」

有本は縁の手を軽く握ってから、その男の方へと足を進めた。

「何だ、お前は！　近寄るな！」

男が叫ぶように言って、ナイフの刃先を有本の方へ向けた。

「落ちつくんだ」

と、有本は言った。「その人を殺しちゃいけない。君が殺すのは僕だ」

「――何だと？」

「君は分ってないだろうが、僕は君に殺されることに決ってるんだ。だからその人は放してあげなさい」

「何言ってるんだ？　それ以上近付くな！」

男は、一歩一歩ゆっくりと近付いて来る有本に恐怖を覚えたのだろう、汗が光っていた。

「君は知らないだろうけど、僕らは大きな意志の力に動かされてる。君が今夜ここに来たのも、その力のせいなんだ。そして君は僕を殺す。それが君の運命なんだ」

「近付くな！　刺すぞ！」

　縁が、

「やめて、有本さん！」

　と叫ぶのが聞こえた。

　これでいいんだ。——これで縁をがっかりさせなくて済む。

「さあ、立って」

　と、有本は言って、タッタッと男に近付いた。

　男がナイフを突き出す。ナイフは有本の脇腹を刺して、血がほとばしった。男が叫び声を上げてナイフを投げ出した。

「そうだ……。これでいいんだ……」

　有本は苦痛にうずくまった。

　男が、アーッと叫ぶと、玄関へと駆け出して、そのまま外へ飛び出して行った。

　有本は流れ出る血が女将の着物の袖を汚して行くのを見て、「ああ、もったいない……」と思っていた。

「有本さん！」

緑が走り寄って来る。「しっかりして！　早く、誰か救急車を呼んで！」
その緑の声が、有本の傷にしみるようだった……。

14　有名人

有本はうっすらと目を開けた。

瞼《まぶた》が重い。——俺はどうしたんだ？

ぼんやりとしていた視界のピントが合うと、滝井縁の顔が見えた。

「やあ……」

と言うと、縁が目を見開いて、

「目が覚めた？」

「僕は……眠ってたのか？」

「痛み止めの点滴してるからよ」

その言葉で、有本は初めて自分が病院のベッドで寝ていることに気が付いた。

「そうか……」

「痛む？」

「僕は……刺されたんだっけ」

「いやね、忘れたの？」

と、縁は苦笑して、「本当に無茶して！」

「あの……男はどうした？」

「あなたを刺した人？　外へ逃げたけど、駆けつけたお巡りさんに捕まったわ。道の隅で泣いてたって。それと、女将さんが何度もお見舞に来たわよ」

「ああ……。無事だったんだ」

「首筋にちょっとけがしてたけど、それだけ。――私、ほんとにびっくりしたわ！　有本さんがあんなこと……」

「ごめんよ……。あの男が可哀《かわい》そうでね」

「あなたを刺した男が？」

「うん。女性と一緒に死にたいって思いつめるなんて、よっぽどだろ」

「あなたって変ってる」

縁は笑って、「そういう変ったとこ、好きよ」

と、有本の上に身をかがめて、キスした。

「ありがとう……。でも、旅館代がむだになったね」

「何言ってるの！　部屋代はもちろんタダにしてくれたわ。この入院費もね」

「そうか。――ここ、どこだい？」

「それも忘れたの？　あの温泉町じゃ大きな病院がないから、ここまで運んでもらったのよ。あなた、眠ってたからね」

「会社、休まなきゃいけないか」

「そりゃそうよ」

「課長、知ってるのかな」

縁は微笑んで、

「あなた、眠ってる間に、すっかり有名になったのよ」

「僕が？」

「全国のニュースでもやったし、新聞にも出たわ。〈M地所〉の名前も出たから、会社はいい宣伝になったって喜んでる」

「僕は……ヒーローじゃないよ。あの男に、女将を殺させたくなかったんだ」

「ともかく、身を捨てて女性を救った、って評判。私も、二、三日は休んでいいって言われてるわ」

「じゃ、君が僕と一緒だったってことも分ってるのか」

「ええ。私は一向に構わないわ」

「そうか……」

有本は天井を見上げて、「とんでもないイベントだったな……」

「そうそう。例のイベントの件、あの若いヴァイオリニストの子の起用、ＯＫになったのよ」

「ああ……。でも、当人が引き受けるかどうかで……」

「私、行って来ようと思ってるの」

「――どこへ？」

「河村爽子に会いに。イベントの出演を頼もうと思って」

と、縁は言った。


「ＴＶのニュースで見ました」

と、爽香は言った。「女の人が刺されそうになったのを救って、ご自分が刺されたとか……」

「そうなんです」

〈Ｍ地所〉の滝井縁という女性は肯いて、「本当は、その有本のプランなんですけど、当人がまだ入院していますので、私が代りにお願いにあがりました」

「有本さんという方、傷は大丈夫なんですか？」

「はい。あと一週間ぐらいで東京に戻れると思います」

「良かったですね。刃物を持ってる男に、よく立ち向って……」

と、爽香は言った。「それで……。お話は、河村爽子さんをお宅の企画に出したいということで」

「そうなんです。直接、お母様にご連絡したのですけど、杉原さんに話してくれとおっしゃって」

「そうですか」

爽香は微笑んで、「恐れ入ります。少しお待ち下さい」

と、立ち上って応接室を出た。

「お客様にコーヒーを」

と、受付に言っておいて、爽香はエレベーターホールへ出ると、ケータイで河村布子へ電話した。

「——ごめんなさいね、勝手にあなたの名前を出して」

と、布子は恐縮していた。「ただ、どう考えていいか分らなくて」

「いえ、いいんです。イベントは今私の本業ですし」

と、爽香は言った。「爽子ちゃんも、今話題になっているから、少しマスコミに出るのも悪くはないかな、って。もちろん、本人の気持が第一ですけど。それと、ヴァイオリンの先生や、あの指揮者の方のご意見はいいんですか？」

「そうね！　それ、考えなかった」

布子も、さすがに自分の娘のこととなると、冷静になれないようだ。

「後で問題になるといけませんから、そこを確かめられた方が」

「そうするわ」

「じゃ、〈M地所〉のお話は保留しておきます。——話に来られている人は、とてもしっかりした感じです」

爽香は通話を切った。

応接室に戻ると、

「いただいています」

と、滝井縁はコーヒーカップを手にしていたが、「あの、杉原さん」

「はい」

「今、コーヒーを持って来ていただいた方が、あなたのことを話して下さって」

「久保坂ですね。何か悪口でも？」

「いいえ」

と笑って、「ご主人——杉原明男さんとおっしゃるんですか？　スクールバスの運転を……」

「ええ、そうですけど……」

「〈S学園小学校〉のバスでしょうか」

「そうです」

「まあ……。そのスクールバスを運転していた久松徹は私の伯父です」

爽香も、さすがに呆気《あっけ》に取られて、

「そんな偶然が……。そうですか！　主人が色々教えていただいて……」

爽香と縁の話は、明男と久松のことになって、しばらく続いた。

「――すっかりお邪魔して」

と、縁は恐縮して、「では、河村さんのことは――」

「ご連絡します」

「よろしく」

爽香は縁を送って、エレベーターで一階まで下りた。

「どうぞここで」

と、受付の所で縁が言った。

爽香はそこで縁がビルを出て行こうとするのを見送って、エレベーターの方へ戻りかけた。

「何してるんですか、こんな所で？」

縁の声に、爽香は振り返った。

ビルを出ようとした縁をロビーで待っていたらしい男性が呼び止めたのである。

「会社じゃ話せないからさ。ちょうどこっちへ外出で来てたから……」

「仕事中じゃありませんか」

「どこかその辺で話そう」

と、その男が縁の腕をつかむ。

「私は会社に戻ります」

縁はその男の手を振り払って、「別に話すことなんかありません」

「君になくても、こっちにはある」

「あなたにあっても、聞くつもりはありません」

「おい、どうしてあんな奴と温泉へ行ってたんだ」

「やめて下さい。――こんな所で」

「だったら、付合え。俺は先輩だぞ」

「赤垣さん、もういい加減にして」

と、縁は憤りを抑えた声で、「私が誰と付合おうと、あなたに関係ないでしょう！」

爽香は足早に歩み寄って、

「すみません」

と、縁に声をかけた。「ご連絡をするのに、あなたのメールアドレスを伺うのを忘れていました」

「あ……。そうですね」

と、縁は言って、ケータイを取り出した。

邪魔されて、赤垣はムッとした様子だったが、

「ただじゃ済ませないぞ」

と言い捨てると、ビルを出て行った。

「――すみません」

と、縁が大きく息を吐いて、「あんなこと、お恥ずかしいです」

「会社の方?」

「ええ。――けがをした有本さんと、私、あの温泉に行っていたんです。二人で。それが気に入らなくて……」

「有本さんを刺したのも、女将さんにつきまとってた男だったんですよね」

「ええ……」

「お気を付けて」

「あの人――赤垣さんというんですけど、私につきまとうっていうより、有本さんのことが気に入らないんです。しかも今度のことで、有本さんが社内でも英雄扱いされているので、赤垣はますます……」

「プライドの高そうな方ですね」

「自分を好きにならない女はいない、ぐらいに思ってる人ですから」

と、縁はやっと苦笑を浮かべて、「あんなことして、ますます嫌われるって分らないのか

しら」

「でも、ご用心を」

と、爽香は言った。「優越感を見せつける人は、たいてい隠れた傷を抱えてます。そこに知らずにでも触れてしまうと、どうなるか分りませんから」

縁は爽香を見つめて、

「さっきの久保坂さんがおっしゃった通り、杉原さんの言葉はとても重みがありますね」

と言った。

「ただ、色んな事件に係って来て、色々と見て来たからです」

「よく憶えておきますわ」

縁はそう言って、「――本当にお邪魔をして」

と、一礼すると、足早にビルから出て行った。

爽香はエレベーターへと戻って行った。

ちょうど扉が開いて、久保坂あやめが降りて来る。

「あ、チーフ。社長がお呼びです」

「はい」

爽香はあやめと一緒にエレベーターに乗ると、

「あなた、あの滝井さんに何を話したの?」

と言った。

「え？　別に――チーフの人となりを」

「余計なこと言わないでね」

「私、正直なもので」

と、あやめは澄まして、「いけませんか？」

爽香は笑うしかなかった……。

15　回　復

「本当にびっくりです」

と、担当のベテラン看護師が言った。「先生も笑うしかない、っておっしゃっていて」

病室の中からは、ドア越しに、

「夢見て悪いことなんかないのよ！　人間、いくつになっても、夢を見る権利があるの。分った？」

と、栗崎英子の声が廊下まで聞こえていた。

「あれ、映画のセリフですか」

と、爽香は言った。

「ええ。しっかりお腹から声が出てらっしゃるでしょ？　大したもんですね、昔の役者さんって」

と、看護師が首を振る。

「ご迷惑じゃありませんか、あんな声出して」

「いいえ。おかげで私たちもセリフ、憶えちゃいましたわ」

爽香はホッとすると同時に、苦笑いした。

病室のドアをノックして、

「——お邪魔してすみません」

と、顔を覗かせる。

「まあ、あんたなの！　入って」

爽香はびっくりした。手術後間もないというのに、英子はベッドを起して、脚本を読んでいたのだ。

「お元気そうで。——私よりずっとお元気ですね」

「何言ってんの。もう八十二よ。あんたの倍でしょ」

と、英子は笑って、「心配かけたわね。でも、見ての通り」

「安心しました」

と、爽香は言った。

むろん、入院生活のせいで、見て分るくらいはやせたし、少しやつれてはいるけれど、今は脚本を見る目に輝きがある。

これなら大丈夫。——爽香は思った。

「撮影には間に合うんですか」

と、わざと訊く。

ちゃんと、マネージャーの山本しのぶから聞いていたのだが。

「少し遅らせる、って言うから、平気よって言ってやったの。でも、向うがスケジュール都合して後に回してくれるなら、甘えてやるか、と思ってね」

「それがよろしいですわ」

「退院したら、自宅でしっかりリハビリして……。手術前より若返った栗崎英子を見てもらうわ」

爽香は微笑むしかない。

「それで、栗崎様、手術の後で申し訳ないのですが、お願いしたいことがあって、伺いました」

「何なの、改って」

と、脚本を閉じる。

「実は、恩師の河村布子先生の娘さん、爽子さんがヴァイオリンコンクールで優勝しまして……」

「TVで見たわ。凄いじゃないの。あの子は伸びるわね」

「そうおっしゃっていただくと……」

爽香は、爽子にイベントへの参加依頼が来ている事情を説明して、

「――この件で、色々話し合ったんですけど、ここはひとつ栗崎様のお力を借りよう、ということに……」

「私？」

「はい。爽子さんに、栗崎様と一緒に企画に加わっていただくんです。企画の話と違うとか、そんなときは、注意していただいて。爽子さんには分りませんから」

と、爽香は言った。

「私にお目付役をやらせようっていうわけね？　――いいわよ。若い人と仕事するのは楽しいわ」

「ありがとうございます！　もちろん、栗崎様のご回復を待って――」

「期日を言って。それまでに回復するから」

「無茶ですよ」

と、爽香は苦笑した。

「それより、また命を狙われたって？」

「どうしてご存知ですか」

と、目を丸くする。

「私はね、あんたのそばにスパイを放ってるの」

「久保坂ですね！　本当に……」

「いい子じゃないの。あんたを心から尊敬してるわ」

「でも、こう年中命を狙われたり恨まれたり……。人間ができてない証拠です」

「そんなことないわよ。人間、真当《まっとう》な道を歩いてると、あちこち曲りくねった道の角とぶつかるものなの。その度にいちいち悩んでたら、時間がいくらあっても足りないわ」

と、英子は言った。

「――栗崎様、恋のお話はその後どうなったんですか？」

「話をそらす！　まあ、年寄りの冷や水ね。さすがに八十過ぎると、時々話をしてるだけで充分」

英子が恋していると言ったのは、手術を担当してくれた外科医で、四十代半ば。確かに爽香が見ても、昔の映画に出て来る二枚目スターのような顔立ちをしている。

「あの先生、あんたに気があるみたいよ」

と、英子は言った。「ずいぶん詳しく訊いてたわ」

「栗崎様の方からしゃべったんでは？」

「まあね」

「私は亭主持ちです」

「そう言っといたわ。『でも、可能性ゼロじゃないけど』って付け加えたけど」

「夫婦の間に波風立てて面白がらないで下さい！」

——爽香は、栗崎英子の病室を出て、涙を拭った。

英子の回復ぶりが嬉しかったのである。

「さ、仕事仕事」

タクシーを拾って、仕事の打合せの場所へ向う。ケータイの電源を入れると、メールがいくつか入っていた。

「あら……」

画家のリン・山崎からのメールがあった。

〈杉原爽香様
今はイベント屋だって？ 相変らず駆け回ってるんだろうね。

今日は報告することがあって。昨日、僕と三宅舞は入籍した。色々あったけど、二人とも大人になったんだ。

式は近々挙げるつもりだよ。

山崎〉

爽香は何度かそのメールを見直した。

山崎が三宅舞と……。

付合っていることは知っていた。しかし、山崎は爽香を、そして舞は明男を……。その想《おも》いが断ち切れたのだろうか？

〈二人とも大人になった〉

という言葉が、爽香の胸を打った。

山崎と爽香、そして舞と明男。四人は、それぞれの立場で苦しんだ。苦しんでも、どうにもならないことだったが、生きるというのは、こういうことでもあるのだ。

「おめでとう……」

と爽香は呟いた。

山崎と舞。二人とも子供ではない。二人で共に生きようと決めたのなら、爽香はそれを祝福するだけだ。

むろん、爽香はホッとしてもいたのである。明男が時々、三宅舞と会っていることを知っていたからだ。

でも——これでけじめがつくだろう。

思えば、長い恋愛だった。時には明男を失うかと心配したこともある。

仕事に疲れて帰った家で、夫を心から信じられないのは辛いものだ。珠実を可愛がることで、その寂しさを埋めた。

でも、これで……。きっと、これで。

爽香はタクシーの座席に少しゆったりと座り直した。

「さようなら」

と、最後の生徒、大宅みさきがバスを降りる。

母親の大宅栄子が待っていた。

「ありがとうございました」

と、明男に笑顔で声をかける。

「どうも。お気を付けて」

「バイバイ」

と、みさきが手を振った。

その愛くるしさに、明男はつい微笑んでいる。珠実も、あんな風になるのだろうか？

明男はバスを出した。

いつものように、前のドライバー、久松に電話を入れようと、バスを寄せて停めるとケータイを取り出した。

そして思い出した。――久松は、姪と一緒に温泉に行っているのだ。

確か――滝井縁といったか。たまたま爽香の所へ仕事の話でやって来たという。

世の中、偶然ということがあるものだ。

今日は電話しないでおこう、と明男は思ったが、メールが数件入っていた。

一つは三宅舞からだ。

〈明男さん

これがあなたに送る最後のメールです。

私、山崎さんと結婚しました。昨日入籍して、式は少し先だと思います。

こうなるのが一番良かったのよね。あなたに辛い思いをさせてごめんなさい。

私は今、山崎さんの子を身ごもっています。平凡な奥さん、お母さんになるつもり。きっと二十キロは太るわね。

爽香さんを大切に。

さようなら。

舞〉

——明男はしばらくケータイを手にしたまま、じっと窓の外を眺めていた。

少し曇って、肌寒い日だ。日が射していないので、外は灰色に見えた。

「そうか……」

明男は、舞に〈おめでとう〉というメールを送ろうとして、やめた。舞が〈最後のメール〉と書いた気持を察してやるべきだ。

それでもしばらく、明男の中では、

「ちゃんとメールを受け取った、と知らせてやるべきだ」

という口実がくり返し浮んでいた。

いや。――いや、もう忘れることだ。

これで丸くおさまった。

しかし、明男の内には、否定しがたく、嫉妬の痛みがうずいていた。舞とは、月に一度は会っていたのだが――むろん、食事やおしゃべりだけだった――その間、舞は山崎に抱かれていたのだ。

筋違いだと分っていながら、明男は苦しかったのである……。

扉を叩く音に、ハッと我に返った。

長く停め過ぎたか。表に目をやって、手を振っている大宅みさきにびっくりした。

立って行って扉を開ける。

「やあ、また忘れ物？」

「すみません」

と、大宅栄子が恐縮して、「この子が、どうしてもと言うもので」

「何か？」

「お仕事中なのは分ってるんですけど」

と、栄子は言った。「ちょっと家に寄ってお茶でも、と……。ご迷惑と思いましたが」

「このバスが――」

「家の隣に空地《あきち》があるので、よろしければそこに。――クッキーを焼いたものですから」

栄子はすぐに付け加えて、「もちろん、無理なさらないで下さい」

「うちに来て」

と、みさきが言った。「いいでしょ？」

明男は少し間を置いて、

「それじゃ、ちょっとだけ……」

と言った。

「じゃ、乗ってっていい？」

と、みさきがニッコリ笑う。

「ああ。——お母さんもどうぞ」

「まあ。すみません」

栄子はみさきに続いてバスに乗って来た。

「じゃ、道を教えてください」

と、明男は運転席に戻って言った。


「あ、杉原さん」

と言われて、爽香は振り向いたが——。

「あ、直江さん」

と、びっくりして、「すみません、すぐに分らなくて」

爽香は他のイベントの打合せの後、〈Hモール〉に立ち寄った。

中を歩いていて、呼びかけて来たのは、直江輝代だったのだ。

「髪を少し染めてみました」

と、輝代は照れたように言った。

「若返りましたよ」

「そうでしょうか」

と、輝代は頬を染め、「あの――敦子はちゃんと働いていますか」

「ええ。張り切ってます。大丈夫ですよ」

「良かった……。杉原さんのおかげで」

「そんなこと……」

――直江輝代は今、〈Hモール〉のオフィスで事務員として働いている。

爽香が清原に頼んだのは事実だが、輝代もブルーの事務服が似合っていた。

輝代と敦子の給料だけでは、食べていくのもやっとだろう。それでも、将来を考えられることは、人を活《い》き活きとさせるのだ。

「本当に役に立たないんですよ、私」

と、輝代は言った。

確かに、単純な事務といっても、慣れない身には大変だろう。

「その内、慣れますよ。大丈夫です」

「もうこの年齢《とし》なので……」

と、輝代はため息をつく。「でも。清原さんが親切にして下さって」

「良かったですね。――敦子さんの方は、若いですから、何でも吸収するのが速いです」

「そうでしょうね。毎日、とても楽しそうに帰って来ます」

と、輝代は言って、「あ、すみません。事務所に戻らないと。――それじゃ」

「お元気で」

爽香は小走りに輝代が行ってしまうと、

「――良かった」

と呟いた。

もう〈Hモール〉のイベントそのものの仕事は終っているのだが、その後にも責任を持つべきだというのが、爽香の考えである。

「あら、杉原さん」

畠山康代が呼びかけて来た。

「まあ、畠山さん、今日はこちらに？」

「先のことを話し合いにね。――それより、あの永松ってのが捕まったのね」

「はあ……。気の毒な人です」

「あなた、殺されるとこだったんでしょ？」

と、畠山康代が笑って、「そこがあなたらしいところね」

「殺されてたら言えませんけど」

当り前の言葉に、畠山康代は声を上げて笑った……。

16 後悔

珠実がやっと寝た。

爽香はダイニングに戻って、

「私、やるわよ」

明男が皿を洗っていたのだ。

「これぐらいできるよ」

と、明男は言った。「少し休んでろ」

「そんなに疲れてないよ、大丈夫」

「じゃ、洗ってくれ。拭くから」

二人して台所に並んで立つと、

「――珍しいね、こんな風に立ってるの」

と、爽香は言った。

「そうだな」

と、明男は言った。

二人はしばらく黙って「仕事」を続けた。

「――明男。聞いた?」

それで分るはずだ。知っていれば。

「うん」

と、明男は肯いてから、「山崎と舞のことか?」

「やっぱり連絡行った?」

「メールが来た。そっちもか」

「山崎君からね。でも――良かった」

「そうだな。まだ彼女もやり直す機会はある」

「そうよ」

「知ってるか? 彼女、お腹に子供がいる」

「え? 本当?」

爽香も、これにはびっくりした。「舞さんが、そう言って来たの?」

「ああ。平凡なお母さんになるんだ、って言ってる」

「そうか……」

山崎は何も触れていなかったが、そのことが二人を結婚に踏み切らせたのかもしれない。

「幸せになってほしいわね」

「大丈夫さ」

山崎の絵は相変らず若い女性に人気がある。

「コーヒー、淹れようか」

と、明男が言った。

「眠れなくなったら――」

と言いかけて、「そうね。たまにはおいしいコーヒー、飲みたい」

「よし、俺が淹れてやる。豆は昨日買って来たばかりだしな」

爽香は明男に任せて、居間のソファに身を委《ゆだ》ねた。

――明男は明男なりに傷ついているだろうと爽香は思った。

明男にとっては、舞が自分を慕い、頼って来てくれることが心地良かったのだ。むろん、いつかこういう日が来ることは分っていたとしても……。

「――明男」

「何だ？」

「相変らず、久松さんって人に毎日電話してるの？」

明男の手がちょっとの間、止った。

「今日はかけなかった」

「どうして?」

「温泉に行ってるはずだ。ほら、例の姪ごさんと」

「ああ。——滝井縁さん」

「そんな名だったな」

コーヒーの香りが居間に広がる。

爽香は一口飲んで、

「おいしい」

と言った。

「ていねいに淹れりゃ、ちゃんとした味になる」

「そうだ。あの滝井縁さん、会社の男性につきまとわれて困ってるみたいよ」

「へえ」

爽香の話を聞いて、

「そんなことすりゃ、ますます嫌われるに決ってるのにな」

「もう冷静に見られなくなってるのね」

「その刺されたって男……」

「ああ。有本さん……だわ、確か」

「何だか、ちょっと変ってるらしいな。刃物持った男に、親しげに話しかけてたって。TV

のワイドショーで、居合せた旅行客がしゃべってたぜ」

「なだめてたんじゃないの？」

「それにしても、少しも怖がってなくて、刺されて嬉しそうにしてたとか……。世の中、変った奴が多いな」

「でも、滝井さんは有本さんって人のことが好きみたいよ」

爽香は微笑んで、「若い人の恋の話を聞くのは楽しいわ」

「若い人って……」

「だって、滝井さんって、まだ二十四、五よ。私より一回り以上年下」

「そうか……。爽香はちっとも変らないからな」

「でも、二十四、五は無理よ。いくら何でも」

「そうか。――それはそうだな」

三十八歳。――そう言った。

大宅栄子は。

「もう、私も若くありませんから……」

と、言った。

スクールバスを空地に停めて、明男は大宅みさきに手を引かれ、その家に上った。

みさきは、明男にピアノを弾いて聞かせたり、〈絵画教室〉で描いた母親の絵を次々に見せたりして、歓迎してくれた。

「おじさまがご迷惑よ」

と、栄子は苦笑しながらたしなめたが、

「いや、うちも女の子一人ですから」

と、明男は笑って言った。

栄子は自分で作ったクッキーと紅茶を出してくれて、それをつまんでいる間だけ、明男は栄子と話ができた。

三十分ほどがたちまち過ぎて、

「ずっとスクールバスを置いといたら、何かと思われますから」

と、明男は立った。

「すみません、無理に上っていただいて」

と、栄子は玄関へ出て来て言った。

「じゃ、また明日」

と、靴をはいて、明男はみさきに手を振って見せた。

そして玄関を出ようとすると、

「あ！　待って！」

と、みさきが思い出した様子で、「おじちゃんにあげようと思って、カード作ったの！

取って来る！」

「明日でいいでしょ、みさき」

という母親の声は、もう駆け出したみさきに届いていなかった。

「もう、本当に……」

と、栄子はサンダルをはいて、「お見送りしますわ」

「いや、そんなこと……」

奥から、

「待っててね！」

と、みさきの声がする。

「ここにいるよ」

と、明男は返事した。

「あの子、捜してるんだわ、きっと。片付けるのが下手なので、何でもどっかへやっちゃうんです」

「いいじゃありませんか」

狭い玄関に、二人は立っていた。

「杉原さん」

と、栄子が言った。「もしご迷惑でなかったら……。またおいでいただけますか」

「でも……」

「もちろん、ご迷惑なのはよく分ってるんですけど」

「いや、別に迷惑ということは……」

「そうですか？　もしよろしければ……」

おずおずと明男を見上げる目があった。拒まれることを怖がっている子供のような目だった。

そして——明男は栄子の唇に唇を重ねていた。バタバタと駆けてくるみさきの足音が聞こえるまで……。


有本は浅い眠りから目を覚ました。

縁が椅子にかけて、週刊誌をめくっている。

「いたのか」

「あ、目が覚めた？」

「もう遅いだろ」

「平気よ」

縁は週刊誌を置くと、有本の手を握った。

「まだ痛む？」

「大分いいよ」

有本はそう言ってから、週刊誌の方へチラッと目をやって、「――読んだ？」

「あんな記事、気にしないで」

と、縁はちょっと眉をひそめて、「いい加減なことばっかり書いて！」

「でも……大げさだけど、まるきりでたらめでもないよ」

「有本さん――」

「僕は確かに変ってる。普通の人とは違ったところがあるんだ。それは自分が一番よく分ってる」

「何を言ってるの？」

「君だって、おかしいと思っただろ？　あんな無謀なことを平気でやる。まともな人間なら、しないよ」

「そうね」

と、縁は肯いて、「教えてあげましょうか」

「何を？」

「そういうのをね、勇気っていうのよ」

「君は――」

「私の言うことを信じなさい」

「そうだね……」

「私の言うことを信じてれば、間違いないの。分った？」

「ああ」

縁は有本の上に身をかがめてキスすると、

「良くなったら、また温泉に行きましょ。あの続きをするのよ」

「刺されるのは抜きでね」

「当り前よ」

と笑って、縁は有本の手を取って唇をつけた。

「君、伯父さんと、どこかに行くんじゃなかったのか」

「行って来たわ。その帰りに寄ったのよ」

「それでそういう服装なのか」

「やっと分った？」

そこへ看護師がやって来て、

「そろそろ面会時間が……」

「ええ、もう帰ります」

縁はもう一度有本の手を軽く握って、「また来るわ」

と言って、病室を出た。

「滝井さんでしたよね」

と、看護師が廊下を歩きながら縁に言った。「何だか取材の人が、このところ多くて」

「すみません、ご迷惑で」

「いえ、それはいいんですけど……。どうも、取材に来る人たちの訊くこととか、みんな同じなんです。有本さんに変ってるところはないか、とか……」

「同じことを？」

「一人のスポーツ紙の人が言ってたんですけど、『同じ社内の人から、そういう情報をもらってる』って」

「社内の人？」

「ええ。有本さんは、社内じゃ偏屈な変り者で通ってる、って」

縁は唇をかんだ。誰の言っていることか、分っている。

「でも、有本さんは私たちにもとてもていねいで、決して無理もおっしゃらないし、とてもいい方ですよね」

看護師の言葉が、縁は嬉しかった。

「ありがとうございます。社内では、あの人を妬《ねた》んでる人もいて」

「分ります。——ともかく取材はお断りしていますから大丈夫です」

「よろしくお願いします」

縁は礼を言って、病院の夜間通用口へと下りて行った。

表に出たとき、ケータイが鳴った。

「滝井です」

「あ……。河村爽子です」

「どうも。ちょっと旅行に出ていてご連絡しませんでしたが、明日出社しますので、打合せの日程を——」

「あの、それが——」

「え？」

「このお話、せっかくですけど、お断りします。すみません」

早口にそう言って、河村爽子は切ってしまった。

縁はちょっと呆気に取られて立っていたが、

「そう簡単に引き下がらないわよ」

と呟いた。「断られてからが仕事！」

縁は車を置いた駐車場へと足早に歩き出した。

17 意　向

「先生！」

爽香はロビーに下りて行って、河村布子の姿にびっくりした。

「仕事中でしょ。ごめんなさい」

と、スーツ姿の布子は言った。

「いいえ。『お客様です』としか言われなかったんで、誰かと思って。先生だったなんて……」

と、爽香は言った。「今日、学校は？」

「お休みなの。テストの後でね」

「じゃ、コーヒー飲む時間くらいありますね？」

と、爽香は言った。

――〈ラ・ボエーム〉へ入って行くと、

「やあ、久しぶりですね」

カウンターの中で、マスターの増田《ますだ》が言った。

「出歩くことが多くて」

と、爽香は言った。「今日のスペシャルを。先生もそれで?」

「ええ、結構よ」

二人が席につくと、一人いた客も出て行って、

「ごめんなさい」

と、布子が言った。

「爽子ちゃんのことですね。先生が謝ることじゃ……」

「私は何も聞いてなかったの。今朝、あのお話はどうなってるの、って訊いたら、『断ったの』って言うから、びっくりして」

「何か理由を言ってましたか?」

爽香も、むろん断られたことは滝井縁から聞いていた。

「それが……」

と、布子が口ごもる。

「先生ですね。指揮者の和泉広紀。——違います?」

「当りよ」

と、布子は肯いて、「何でも察してくれるから助かるわ」

「自分のこととなると一向に」

と、爽香は笑った。「爽子ちゃん自身はどうなんですか？」

「さあ……。あなたに任せておけば大丈夫、と安心してたみたい。でも和泉さんから叱られたようで……」

「分りました」

「どうしたものかしら」

「その指揮者先生にお会いしてみます。むろん、表に立つのは滝井さんという人ですけど、私も多少の責任はありますから」

「じゃ、爽子には……」

「差し当り、黙っていて下さい。その和泉さんの方が、気を変えて下されば、一番いいですから」

「ありがとう」

布子は胸をなで下ろして、「あなたに、いつも面倒なことを頼んで……。お宅のことも大変なんでしょ」

「まあ……兄のリハビリもあまり効果が出ていなくて。当人が苛立って、子供たちへ八つ当りしてるみたいです」

「可哀そうに。奥さんは働いてないの？」

「まだ無理みたいですね」

「でも、いつまでも……」

「ええ。そろそろ、きちんと話をしようと思ってます。うちが共倒れになったら困りますから」

「お待たせして」

増田が二人の前にコーヒーを置いて言った。

「まあ、いい香りね」

と、布子が言うと、爽香も、

「ここのコーヒー飲んだら、よそで飲む気しませんよ」

「嬉しいことを言ってくれるね、杉原さんは」

と、増田が言った。

「私は正直なだけ」

と、爽香はコーヒーカップを取り上げた……。


布子と別れて、爽香は会社へ戻ると、滝井縁へ電話した。

「——そういうことなんですね」

と、爽香の話を聞くと、縁は納得した様子で、「分りました。相手が誰か分っただけで大助かりです」

「良かったら、爽子ちゃんのことをずっと知ってる人間として、私もご一緒しましょうか。和泉広紀さんに連絡取れますか？」

「事務所へ問い合せてみます」

「待って。私、河村先生から、和泉さんのケータイ番号とアドレスを教えてもらったので、直接話せますけど」

「そうですか。でも……」

「そうですね。いきなりケータイへかけたりしたら、気を悪くされるかも。初め、手紙かファックスで、ぜひお目にかかりたい、と申し上げるのが無難ですよね」

「はい、そう思います」

爽香は、滝井縁に、どこか少し自分と似ている所を感じていた。

「お目にかかる時間などありましたら……」

と、縁は言った。「ご一緒においでいただけたら、本当に嬉しいです！」

「じゃ、後はお任せします。ご連絡下さい」

爽香は、布子から聞いた和泉のファックス番号などを縁に伝えて切った。

相手は人気指揮者だ。そう簡単には捕まるまい、と思った。

「チーフ、お電話です」

と、久保坂あやめが受話器を手に、「出ます？」

「誰から？」

「和泉広紀さんからです。指揮者の」

「え？」

爽香は耳を疑った。「本当に？」

と、つい訊いてしまい、

「私が嘘ついてるって言うんですか？」

と、あやめににらまれてしまった。

「ごめん！　あんまり偶然で。出る！」

急いで受話器を受け取ると、ちょっと呼吸を整えて、「お待たせいたしました。杉原でございます」

と言った。

正直、びくびくものだった。爽子のことで文句を言われるのでは、と思ったのだ。

「私は和泉広紀といって、指揮者です」

と、堅苦しい口調。

「はい。よく存じています。河村爽子ちゃんのことで——あ、爽子さんのことでしょうか」

と、あわてて言い直すと、思いがけず向うは笑った。

「いや、あなたが杉原爽香さんかね」

「はい、さようです」

「河村君から、あなたのことをしょっちゅう聞かされているよ。河村君はあなたに絶大な信頼を寄せている」

「あの――爽子さんのことは、生まれたときから知っていますので。他人とは思えないんです」

「とてもいい仕事をしているそうだね。河村君が自分のことのように自慢している」

「いえ、そんな……。私は一社員ですから」

「ところで、河村君のことで、もう聞いているかもしれないが……」

「はい。〈M地所〉のイベント出演の件ですね。私が直接仕事上で係っているわけではありませんが、相談にのったので」

「その件で、じかに会って話したい。来てもらえるかな」

「はい、もちろんです。ご都合は――」

「今夜、Sホールで振ることになっていてね。あ、『振る』とは『指揮する』ということだが」

「はい」

「あなたの席のチケットを、受付に預けておく。終った後、楽屋へ来てくれ」

「は？」

「七時からだ。では」

「はあ。あの——」

と言いかけたときには、もう切れていた。

「そんな……。いきなり今夜って言われても……」

相手の都合など気にしないのが、この手の有名人なのかもしれない。

「どうかしたんですか？」

と、あやめが訊く。

「今夜のコンサートに来いって。今夜は早く帰るつもりだったのに……」

「Sホールのですか？」

「ええ。どうして知ってるの？」

「私も行きます」

と、あやめが言った。


「ずるい！」

文句を言うのもおかしいと分ってはいたが、それでも、「私、こんな格好なのに……」

「だって、チーフ、私の着られないでしょ」

「分ってる。言ってみただけよ」

午後六時四十分。Sホール前のスペースには、人と待ち合せるコンサートの客たちが何人も立っていた。

爽香が「ずるい」と言ったのは、あやめがしっかり会社で着替えて、華やかなドレス姿だったからである。爽香の方は、いささかくたびれたパンツスーツ。

予定外だったのだから仕方ないが。

「あ、いたいた」

あやめが手を振った。——ホール前で待っていたのは、何と画壇の巨匠、堀口だったのである。

「やあ。——君も一緒か」

堀口はタキシード姿が身について、とても九十の老人とは思えなかった。

「お邪魔しに来たわけじゃありません」

と、爽香は言った。「私はチケット受け取らないと。あやめちゃん、もう行って」

「はい。じゃ、行きましょう」

あやめは堂々と堀口と腕を組み、ホールの中へと入って行く。爽香は、いささか圧倒される思いで、あやめと彼氏の後ろ姿を見送っていたが……。

「あ、入ったらトイレ行かないと」

と呟いて、急いで〈チケットお預り〉と書かれたテーブルへと向った。

ホール内でも、堀口とあやめのカップルは目立っていたが、席は大分離れていたので、爽香もあまり気にしないことにした。

コンサートは、序曲、ピアノ協奏曲、後半にベルリオーズの〈幻想交響曲〉だった。

和泉広紀が人気の高い指揮者だということは知っていたが、聴衆の雰囲気も良かった……。

アンコールが二曲あって、やっと人々が帰り仕度を始めた。

爽香が少しゆっくり仕度していると、

「失礼します」

と、若い女性から声をかけられた。「杉原様でいらっしゃいますか」

「そうです」

「和泉から言いつかって参りました。楽屋へご案内いたしますので」

「恐れ入ります」

——あやめたちの姿は、もう帰って行く人々の中に埋《う》もれてしまっていた。

「こちらへどうぞ」

〈関係者以外、立入禁止〉という立て札をうまく傍《かたわら》へよけて通ると……。

楽屋の前は大勢の人が集まって列を作っていた。

「こちらで少々お待ち下さい」

「かしこまりました」

爽香は、その列の長さに感心した。

しかし、あの様子では、大分待たされることになりそうだ。

すると——楽屋のドアが開いて、当の和泉広紀が姿を見せたのである。並んでいたファンたちが一斉に拍手する。

「いつもありがとう」

と、和泉がよく通る声で言った。「今日は特別な客があって、申し訳ないが、一人ずつと話していられない。次の機会にぜひ」

爽香がびっくりしたのは、並んでいたファンから、ひと言の不満も洩れず、もう一度拍手をすると、みんな素直に引き上げて行ったことだった。

爽香が感心していると、

「お待たせしました」

と、案内してくれた女性がやって来て言った。「中へどうぞ」

「はい、すみません」

爽香は、楽屋のドアを開けて、「——失礼いたします」

と、一礼した。

クスクス笑う声に顔を上げると、

「あやめちゃん！」

久保坂あやめがドレス姿で立っていたのである。そして、和泉と椅子にかけて話しているのは、堀口だった。

「堀口さん……」

「やあ。——和泉君、これが噂の杉原爽香君だ」

「初めまして」

と、あわてて和泉の方に向き直り、「杉原爽香と申します。今日はご招待いただいて……」

「音楽は好きかね?」

と、和泉は訊いた。

「はい。ただ、こんな一流のコンサートにはなかなか……」

「今夜の演奏は? 眠らなかったかね」

「とんでもない。夢中で聴いていました」

「それは嬉しい」

と、和泉は微笑んだ。

「和泉君とは、A新聞の文化賞選考委員を一緒にやっていてね」

と、堀口が言った。「その他の場所でもよく会うんだよ」

「そうですか」

「あやめ君から事情は聞いた。今話していたが、和泉君は河村爽子君がマスコミの毒にやられることを心配している。しかし、杉原君のことは信頼していい、と話しておいたよ」

「ありがとうございます」

爽香は礼を言って、「もちろん、和泉先生のご心配はよく分ります。私も心配しないわけではありません。問題が起きないように、できる限りの尽力はいたしますし、女優の栗崎英子様が目を光らせて下さることになっております」

和泉は肯いて、

「美しい声だ。歌は勉強したかね？」

爽香は面食らって、

「いえ、とんでもない」

「自分の言いたいことを、はっきり承知している声だ」

と、和泉は肯いて、「分った。この人に任せましょう。堀口先生もそうおっしゃって下さるし」

堀口は和泉から見れば三十くらい年上だ。しかし、今は堀口が若々しいし、和泉が貫禄を感じさせるので、二人はそんなに年の差があるようには見えなかった。

「一つ、付け加えておくが」

と、和泉は言った。「勘違いしている人もいるようだが、私と河村爽子君の間には何もない。その点誤解なきように」

「そう伺って安心しました」

とは言ったものの、こと恋愛に関しては男の言葉は信用できない、と思っている爽香だった……。

18　切れる

思いがけないコンサートの後、堀口とあやめは和泉と夕食をとることになっていたらしく、

「君もどうだね」

と、爽香は堀口から誘われた。

「お気持はありがたいんですが……」

「だめですよ」

と、あやめが堀口をつついて、「チーフは旦那様とお嬢ちゃんが待ってるんです」

「そうだったな」

「先生みたいに暇じゃないんですよ」

あやめもずいぶん失礼な口をきくものだが、当の堀口がそれを喜んでいて、

「人間この年齢《とし》になったら、付合う相手もいなくなるからな」

「あら、私は？」

「そうか。忘れてた。茶飲み友だちだからな」

「私のこと、いくつだと思ってるんですか!」

と、あやめが堀口をにらんで言った。

——爽香は一人Sホールを出ると、地下鉄の駅へと急いだ。

急な用事で遅くなるとは言ってあるが……。

歩いている途中でケータイが鳴った。

「あら……」

〈S文化マスタークラス〉で世話になった高須雄太郎《たかすゆうたろう》からだ。

「杉原です」

「やあ、高須だよ。今、話せるかい?」

「外ですが、大丈夫です。綾香《あやか》ちゃんが何か?」

「うん。いや、仕事はちゃんとこなしてくれてるが、ここ二、三日元気がないんだ」

「そうですか。ご迷惑をおかけしていませんか?」

「そうじゃないが、どうも父親のことらしい。リハビリ中なんだろ?」

「そうです」

と、爽香は足を止めて、「もう長いんですが、はかばかしくなくて。——何か言ってましたか?」

「いや、訊くと『別に何でも』って言うんだけどね。いつもはそんな言い方しないから」

「分りました。訊いてみます。ご心配いただいて……」

「君の大事な姪っ子じゃないか。僕も娘のような気がしてるよ」

「ありがとうございます」

爽香は目頭が熱くなるのを覚えた。

通話を切って、再び歩き出しかけたが……。帰宅してからでは遅くなり過ぎる。

といって、長い話になると、外では風邪をひきそうだ。

爽香は、ため息をついてから、来た道を戻って、Sホールの近くのホテルに入った。

ロビーのソファが空いている。そこに座って、綾香のケータイへかけてみる。

しばらく出ないので一旦切ったが、念のためにもう一度かけた。

「――爽香おばちゃん？」

「ああ。今、話せる？　もう帰ってるの？」

「まだ外。でも大丈夫。一人だから」

「そう。――元気？」

「うん、別に元気だけど」

「嘘ばっかり。どうしたの？」

「おばちゃん……」

「今、高須先生からお電話いただいたのよ。あなたが元気ないって心配して」

「先生が？　そう……」

「声に元気ないじゃないの。どうしたの？」

わざと軽い口調で、「ついに恋の悩みにでも？」

「おばちゃんたら……」

と、綾香がちょっと笑って、「お父さんとお母さんのことで……」

「また家出しそう？」

「お酒、飲んでるの」

思いがけない言葉に、爽香も戸惑った。

「お酒？　兄さんが？」

「うん……。私、気が付かなかったの。いつも帰り遅くて、二人ともたいてい寝てるから。

そしたら、瞳《ひとみ》が『お父さん、ほとんど毎晩お酒飲んでるよ』って」

「そんなことが……。則子《のりこ》さんは何も言わないの？」

「それが……お母さんも飲んでるらしい」

「え？　本当に？」

「そのつもりになって気を付けてると、時々酒くさいし、確かだと思う」

「まあ……。リハビリは？」

「このところ、あんまり熱心じゃないみたい。たぶん、効果がなかなかないんで、苛々してるんでしょ」

その兄の気持は分るが、酒で紛らわしても何にもならない。則子も夫に付合っているのだろうか。

「だから、ここんとこ、お父さんとお母さん、あんまり喧嘩《けんか》しないの。それはいいんだけど……」

綾香が懸命に働いて、一家を支えているのに、両親がそんな風では……。子供たちが可哀そうだ。

「分った。今度の週末にでも、そっちへ行くわ。話してみましょ」

「忙しいのに、ごめんね」

「家族のことだもの。——ともかく、あなたはあんまり思い詰めないで。高須先生の仕事を、きちんとこなしてちょうだい」

「うん。分ってる」

「今、どこにいるの？」

「仕事帰りに、お腹空いたんで、ラーメン食べてる」

「あら、いいわね」

と、爽香は笑った。

「もうこんな時間」

と、縁は腕時計を見て、びっくりした。「行くわね。――ちゃんとおとなしくしてるのよ」

縁は有本の上に身をかがめて、唇を重ねた。

「帰り、気を付けて」

と、有本は微笑んで言った。

「ええ。じゃ、また明日」

縁はもう一度有本にキスした。個室だからできるのである。

「――ふしぎだな」

と、有本は言った。

「何が？」

「こうしてずっと寝てると、会社に行って仕事がしたいと思うんだよ、時々」

「あら、偉いわね。私なんか、休みたくって仕方ないのに」

「じゃあ……」

二人の手が握り合って、それから縁は病室を出て行った。

――あそこか。

赤垣は、廊下の奥の階段口から覗いて、縁の出て来た病室のドアを確かめた。

「お疲れさまです」

と、ナースステーションの看護師が言うのが聞こえた。

「よろしくお願いします」

縁は挨拶してエレベーターホールへと曲って行った。

「待ってろよ」

と、赤垣は呟いた。

有本の入院している病院は簡単に分ったが、病室までは教えてくれない。

迷っていると、ちょうど縁がやって来るのが目に入ったのである。

赤垣は、ナースステーションの様子をうかがっていた。――うまく目につかないように通り抜けられるといいのだが。

電話の鳴る音がして、

「はい、三階です。――分りました」

てきぱきとした口調で、「急患よ。下の手伝いに行って」

若い看護師が二人、急いで駆けて行った。

よし、今なら……。

赤垣は廊下を素早く歩いて、有本の病室に辿《たど》り着くと、ドアを開けて中へ入った。

救急車が病院の敷地へ入って来るのが見えた。――縁は、「事故か急病か……」と何となく気にして見ていたが――。

病院を出ようとして、ケータイの電源を入れると、すぐに鳴った。

「――はい、滝井です」

「杉原です」

「あ、どうも」

「今、Sホールからの帰りなんですが」

「はあ」

「和泉広紀さんとお会いしました。河村爽子さんをイベントに出していいと言って下さいましたよ」

「本当ですか！」

と、縁は思わず声を上げた。「でも、どうやって……。杉原さんの魔法ですか」

「魔法使いのおばあさん扱いしないで下さい」

と、爽香は笑って、事情を説明した。

「――そうですか。本当にありがとうございます」

と、縁は言った。「きっと有本も喜びますわ」

「具合、いかがですか？」

「ええ、もうずいぶん良くなって。今、私、病院を出るところなんです」

と、縁は言った。「戻って、有本に教えてやりますわ」

薄暗い病室の中に人影が見えて、有本は、

「どなた?」

と、声をかけた。

「見舞に来たよ」

有本は赤垣の姿を見て、思わず頭を上げた。

「赤垣さん。――彼女は?」

「縁か。『彼女』とは気安いな」

「縁さんをどうかしたんじゃ……」

「あいつは帰ってったよ。いなくなるのを待ってたんだ」

「そうですか……」

有本は息をついて「それなら良かった」

赤垣はベッドのそばの椅子にかけて、

「心配するな。別にお前を刺しに来たわけじゃない」

と言った。「お前なんか、それほどの値打のない奴だ」

有本は赤垣をじっと見て、

「僕もふしぎですよ。どうして縁さんが僕なんかを好きになってくれるのか」

「女ってのは妙な生きものさ」と、赤垣は言った。「どうにも救いようのない、だめな男を好きになったりする」

「そうですね……」

「だがな、結局そんな恋をしたら、女は一生不幸になるんだ。その女の人生は台なしにされちまうんだ」

「縁さんも？」

「ああ。お前みたいな男に、あの女を幸せにできるもんか。お前は一生パッとしないサラリーマンで終るんだ。そんな奴に縁をやれるか！」

有本は、なぜか初めて赤垣のことを身近に感じた。——この人は何かに怯《おび》えている。

「赤垣さん、まるで縁さんの父親みたいですね」

「何だと？　俺はあんな女、どうでもいい。ただ、お前みたいな男のせいで、あいつが苦しむのを見たくないんだ」

「どうでもいいのに、なぜ気にするんです？」

「黙れ！」

赤垣は声が上ずって来た。「俺はただお前が身の程知らずだと言ってやりたいんだ」

「それは僕も同感です」

「何だと？　俺を馬鹿にしてるのか？」

「いいえ。赤垣さんにも僕と似たところがあるんだ、と思っただけです」

「俺が？　どこが似てるって言うんだ。俺はエリートなんだ」

「分ってます」

と、有本は肯いて、「エリートでいるのも辛いでしょうね」

赤垣の顔から血の気がひいた。

19　成り行き
「分ったような口をきくな」

と、赤垣は有本をにらんで言った。

怒って顔が赤くなっているのではなく、青ざめているのが、普通ではなかった。

「お前に、俺みたいなエリートの気持が分ってたまるか」

と、赤垣は続けた。

「赤垣さん。大きな声を出すと、看護師さんに聞こえますよ」

有本が冷静に注意したことが、ますます赤垣を傷つけたようだった。

「だから何だっていうんだ」

「病院の中では大声を出さない方が……」

「大声なんか出してない！」

と、赤垣は大声で言った。

「僕はただ……。赤垣さんも孤独なんだな、と思っただけです」

「孤独だと？」

「週刊誌の記事、読みました？　僕が喜んで刺された、って……」

「それがどうした」

「あの通りなんです。僕は変ってるんですよ。いつも誰かに見張られてるみたいで——」

「見張られてる、だと？」

赤垣は、ほとんど反射的に言っていた。

「赤垣さん……。じゃ、もしかしてあなたも誰かに見張られてるんですか？」

「馬鹿言うな！　俺はお前みたいにイカレちゃいない。優秀だから、周りには妬まれる。そういう点じゃ『変ってる』かもしれんな。しかし、お前とは違う」

「ええ。でもね、人間って一人じゃ生きて行けませんよ。孤独は辛いもんです。僕もそのことになかなか気付かなかったけど、縁さんが僕を好いてくれて、そばにいてくれると、本当に安心するんです。そのことで、改めて自分が今までどんなに辛かったのか、気付いたんです」

と、有本は言った。「赤垣さんも、人を受け容れるようにしたらいいですよ」

「何だと？」

「人に、自分に合せることばっかり要求してると、人は離れて行きます。他の人のことを、そのまま受け容れるんです。そうしたら、きっと赤垣さんも孤独でなくなりますよ」

赤垣は口元を歪《ゆが》めて、

「俺に説教するつもりか」

と言った。「そのへらず口を、枕でふさいでやる。息ができなくてバタバタするのを見て
笑ってやる」

赤垣が立ち上る。その瞬間、病室のドアが開いた。

縁が立っていたのである。

「赤垣さん、今自分が言ったこと、分ってるの？」

「縁さん！　だめだ。早く離れて！」

と、有本は体を起そうとした。

「心配しないで」

と、縁は首を振った。「少し前から、ドアの外で話を聞いてたのよ」

縁の後ろに、ガードマンが現われた。

「ちゃんと来てもらってるの。赤垣さん、今、有本さんを殺すって言ったわね」

「誰も殺すなんて言ってやしない！」

と、赤垣は焦って言った。「今のは冗談だ！　決ってるだろ」

「どうかしら」

縁は手にした小型レコーダーを見せて、「今の言葉、ちゃんと録音したわ」

「お前……」

「警察へ行きましょ。あなたのしてることは犯罪だわ」

「ふざけるな！」

「ともかく、夜の病院で、こういう騒ぎを起してることだけでも問題よ。さあ、ガードマンの方と一緒に。私もついて行くわ」

縁は冷ややかに言った。

「俺のことを分ってるだろ？　少々カッとはなったが、何もしてやしない。そうとも、俺はこいつに指一本触れちゃいない」

「触れていたら大変よ。ともかく一緒に来て」

ガードマンが病室へ入って来ると、

「ご一緒に。——どうぞ」

と、赤垣を促した。

赤垣は呆然《ぼうぜん》として突っ立っていたが、ガードマンがその腕に手をかけると、

「よせ！」

と、弾かれたように叫んで、ガードマンを突き倒した。

そして、縁の傍を駆け抜けて、病室から飛び出して行ってしまった。

尻もちをついていたガードマンが、急いで起き上ると、

「あいつ！　逃さないぞ！」

と、赤垣を追いかけて行った。

「赤垣さんったら……」

と、縁は首を振って、「どうしちゃったのかしら。あれじゃ捕まえてくれって言ってるようなもんだわ」

「全く……。君も危いことをするんだな。もし刃物でも持ってたら大変だったじゃないか！」

と、ベッドに起き上った有本が言った。

「あら、珍しく怒ってるわね」

「当り前だ。目の前で君が刺されたりするのを見たくない」

「よく言うわね！　私の目の前で刺されといて」

そう言われると、有本も言い返せない。

「でも、嬉しいわ。私のこと心配して怒ってくれたのね」

「ああ……。でも、赤垣さん、どうなるのかな」

「あんな人のこと、放っときなさいよ」

「君のことを恨んだりしないかと思ってさ。このままだったら、警察に届けなくても……」

「だめよ！　それこそ、またここへやって来るかもしれないわ」

「あの人は何かに怯えてるんだ。だから、ああしてちょっと腕を取られただけで、逃げ出しちまうんだよ」

「有本さん……」

「きっと、何か辛い過去を抱えてるんだろうな。ああしていつも虚勢を張ってないと生きて行けない……」

「私もね、あなたがいないと生きて行けないのよ」

縁は、再びベッドに横になった有本の上にかがみ込んでキスした。

「大丈夫でしたか？」

と、看護師がやって来て、「あ、ごめんなさい！」

と、あわてて目をそらした。

「すみません」

縁は咳払いして、「あ、そうだ。言うのを忘れてた」

「何だい？」

「ヴァイオリンの河村爽子、ＯＫが取れそうよ」

突然話が変って、有本は呆気に取られていた……。

縁の話を聞いて、

「――そうか。杉原さんって人に感謝しないとな」

「ええ。いい人とお知り合いになれたわ。何よりの財産ね」

廊下が騒がしくなって、縁は、「どうしたのかしら？　見て来るわね」

「気を付けて」

「大丈夫よ」

縁は病室を出て、ドアを閉めた。

廊下を白衣の医師が駆けて行く。看護師もあわてている様子だった。

「どうしたんですか？」

と、声をかけると、

「あ、滝井さん、病室へ入ってて下さい。今警察が来ます」

「何かしたんですか、あの人」

「追いかけて行ったガードマンをパイプ椅子で殴って、大けがさせて……」

「まあ」

「外へ逃げましたけど、用心して下さい」

「分りました。ガードマンの方は……」

「今から急いで治療します。命に別状はなくても、かなり頭を切って出血しているので」

縁は愕然として、

「すみません。私のせいで……」

「そんなことありません！　ただ、警察の人に説明して下さい」

「分りました」

縁は表情をこわばらせて、病室へと戻って行った……。


「まあ、そんなことが」

爽香は、滝井縁から電話をもらって、病院での出来事を聞いた。

「すみません、お仕事中に」

と、縁が言った。

「いいえ。でも――あの赤垣って人、今どこに？」

「分りません。一人暮しだったようで、警察の人がマンションに行ったんですけど、いなかったそうで」

「用心して下さいね。一旦暴走してしまうと、そういう人は止らなくなるかもしれませんから」

「はい。あの――ともかくお礼を申し上げたくて」

「お礼？」

「ゆうべ、杉原さんからお電話いただいて病院へ戻らなかったら、有本さんはどうなっていたか」

「ああ……。それはともかく、早く赤垣って人が見付かるといいですね」

と、爽香は言って、「すみません、今外出していて、これから地下鉄に乗らないと」

「ごめんなさい！　何かあればメールを入れます」

「お役に立てることがあれば、お電話いただいていいんですよ」

と、爽香は言った。

——地下鉄に乗ると、昼間なので座れてホッと息をついた。

日々の仕事に追われて、自分を取り巻く雑事に目を向ける時間がない。

もちろん、珠実には可能な限り時間を割いているが、兄のこと、妻の則子のこと、綾香たちのこと……。

経済的なことを含めて、考えなければならないことは山ほどあった。

忙しい、というのを言い訳に、そういう問題から目をそむけていないか。自分にそう問いかけてみても、

「これ以上どうしろって言うの？」

と、つい言い返してしまう自分がいた……。

隣にドカッと座った男がいた。その重みで爽香の体が揺れた。

もっと静かに座ってよ！

チラッとその男の方へ目をやると——。

「そう難しい顔してると、眉間《みけん》のしわが消えなくなるぜ」

と、からかうように爽香を見る。

「松下《まつした》さん！」

爽香は目をみはった。

「相変らず地味だな。浮気もしないで頑張ってるのか」

「大きなお世話です。また太りましたね」

「お前も、下腹の辺りが……。ま、裸の絵で評判になったくらいだからな」

「その話はやめて下さい」

と、爽香は眉をひそめて、「絵の趣味なんてないでしょ」

「ああ。しかし、あのポスターは駅からひっぱがして、うちの壁に貼ってある」

「暇ですね。――まだ〈情報屋〉を？」

「〈消息屋〉だ」

「失礼しました。忙しいんですか」

もともと借金の取り立て屋だった松下だが、妙に爽香を気に入っている。一日警備会社に転職すると、やはり一匹狼が性に合うのか、行方をくらました人間や、長く居場所の知れない人間を捜し出す〈消息屋〉という商売を始めた。

爽香も、兄が借金を巡って騙されかけたとき、松下に助けてもらった。

「今はイベント屋だって？」

と、松下が言った。

「さすがによく知ってますね」

「商売だ」

「お嬢さんはお元気ですか？」

と訊くと、渋い顔になって、

「今じゃ、ろくに口もきかん。彼氏を作って、さっさとアメリカへ旅行したり……。もう諦めたよ」

「それが成長ってものですよ」

「お前の所は四歳だったか？　まだ可愛いな」

「ええ、まあ。——今日はお仕事ですか？」

「これから、誰でも知ってる政治家の大物に会う。昔世話した女が、今どうしてるか知りたいとさ」

「人間、過去に慰めを求めるようになるんですね、ある年齢になると」

「何か調べてほしいことはあるか？　どうせまた危いことに首を突っ込んでるんだろ」

「好きで突っ込んじゃいません」

と、爽香は言い返して、「赤垣って人を捜してもらえます？」

「ゆうべ、どこかの病院のガードマンにけがさせた奴か？」

「知ってるんですか？」

「小さなニュースでも、必ず目を通す。どんなつながりがあるか分らないからな」

「私は直接係ってないんですけど……」

爽香の説明を聞くと、松下は手帳にメモを取って、

「最近は物忘れがひどくてな。——分った。当ってみよう」

「よろしく。——あ、私、次で降りるんで」

「亭主によろしくな」

「どうも」

爽香は会釈して地下鉄を降りた。

動き出した電車を見送ると、松下が小さく手を振って見せた。

「相変らずね」

爽香は微笑んで、それから出口への階段を上り始めた。

20 あるひととき

真新しいホールだった。

「へえ、こんなにきれいになったんだ」

と、爽香は入口で足を止めて、「古くて薄暗かったのにね」

「改装したんですね。つい最近ですか？」

と、一緒に来た久保坂あやめが言った。

「たぶんね。でも——ここ二年くらいは来てなかったから……」

ホールのロビーを、スーツ姿の綾香がやって来て、すぐ爽香に気付くと、手を振った。

「時間通りね」

と、綾香はファイルを手にしていて、「今、先生、講演中。あと十五分だけど、サインせがまれたりするんで、たいてい少し延びる」

「その後の予定は？」

「大丈夫。夕食をM生命の会長さんととることになってるけど、それまでは空いてるから」

爽香は、高須雄太郎に会いに来たのだった。次に手がけるイベントに出てもらえないか、頼みに来たのである。

「この上のティールームを予約してあるの」

と、爽香は言った。「先生、どこかお気に入りのお店が?」

「お昼、ちゃんと食べてるから、お茶できる所ならどこでも。——あやめさん、こんにちは」

「綾香ちゃん、すっかり秘書って感じね」

「今、英会話やってるの。外国からの取材もふえて」

「まあ、偉いわね」

と、爽香は言った。「もう私の年齢《とし》だと記憶力が……」

「爽香おばちゃん、まだ若いじゃない。——そこへ座って待ってて」

と、ソファへ案内する。

爽香は、両親のことを始め、数々の悩みを抱えながら、仕事のプロであろうと努力している綾香の姿に胸を打たれた。

兄、充夫《みつお》と則子のことは、何とかしてやらなければ……。

「今日も一杯?」

と、あやめがホールの扉の方へ目をやって言った。

「ええ。補助席まで出てる」

「凄いわね。秘書がいいのかな」

「きっとそうね。先生によく『そう働かせるなよ』って言われてる」

と、綾香は笑った。

「綾香ちゃん、誰か……」

と、あやめが入口の方を見て言った。

「え？」

綾香が振り向くと、入口から、ちょっと遠慮がちにロビーを覗き込んでいる外国人の青年がいた。

「まあ……。ミロス」

綾香が立ちすくむ。

爽香は、背広姿の青年が、微笑みながら入って来るのを見た。

ミロス。――綾香がかつて「結婚したい」と言っていたハンガリー人の若者である。

「やっぱり！　綾香だった」

と、上手な日本語で言った。

「ミロス。どうしてここに？」

綾香は呆気に取られている様子だ。

「この上の会社に用があって。通りかかったら、綾香が見えた。でも、スタイルが全然変って て……。本当に綾香なのかと思った……」

「ミロスも。背広、似合うよ」

「そう？　スポーツジムに通って、運動してる」

「うん。やせて、しまったね。いい感じだよ」

と、綾香は肯いた。「私――今、講演してる先生の秘書」

「有名な人だよね。本、読んだことある」

と言ってから、「でも良かった、会えて。僕、もうすぐハンガリーに帰る」

「そうなの？」

「向うで仕事があった。――帰って、結婚する」

綾香の表情が、一瞬かげった。しかし、すぐに笑顔になって、

「おめでとう。良かったね。お母さん、喜んでるでしょ」

「うん。早く帰って来い、って毎日電話してくるよ」

そのとき、ホールの扉越しに拍手の音が聞こえた。綾香はチラッとその方を見て、

「講演、終ったんだわ。行かなきゃ」

と、自分に言い聞かせるように言った。

「じゃあ……」

「ミロス、元気でね」

「綾香も」

「幸せになってね」

綾香は手を差しのべた。ミロスと握手すると、綾香は小さく肯いて見せた。

ミロスが足早に出て行く。――綾香は二、三秒の間、その場から動かなかったが、何かを振り切るように小走りにホールの脇の扉へと向った……。

「チーフ……」

と、あやめが言った。

「あの子も、両親があんなことにならなかったら、今ごろハンガリーにいたかもしれないわ」

と、爽香は言った。

「そうだったんですね」

と、あやめが肯く。

扉が開いて、客がザワつきながら出て来た。

「楽屋に行きます？」

「ここで待ちましょう。そう急ぐわけじゃないし」

ロビーはたちまち人で溢れた。

表に出て行く人もいれば、ロビーで売っている高須の本を買いに立ち寄る人もいる。

「——チーフ」

と、あやめが言った。

「うん?」

「私、堀口先生から結婚してくれって言われてるんです」

「え?」

爽香は目を丸くして、「本気で?」

「だから困っちゃうんですよ。そういう話になると、はぐらかして来たんですけど、ここんとこ真面目に、『もう僕の命の灯は消えかかってる』とか言い出して……」

「そう……」

爽香はちょっと肯いて、「それはあやめちゃんが決めることだから」

「そうですよね」

と、あやめはため息をついた。

綾香が小走りに人の間を縫ってやって来ると、

「すみません!」

「どうしたの?」

「先生、急にロビーでサイン会やるとか言い出して」

「あら、そう。じゃ、待ってるわ」

「すみません。あの――あやめさん、ちょっと手伝ってもらえません？」

「任せとけ！」

と、あやめが張り切って立ち上る。

「――ただ今から、ロビーで高須先生のサイン会を行います！　ご希望の方は今机を用意しますので、本をお求めになって、お並び下さい！」

綾香が力一杯声を上げる。たちまち女性たちが本の売場へと集まった。

「私も手伝うわ」

と、爽香も立ち上った。

「でも、腰痛めたりしたら……」

「年寄り扱いしないでよ！　あやめちゃん、その机を一つ運ぼう」

「はい！」

黙って見ちゃいられない。――爽香は、ミロスのことで傷ついているだろう綾香が、こうして仕事に打ち込んでいる姿に、胸を熱くしていた……。

「こんなことになって、すみません」

と、滝井縁は言った。

「君が謝ることはないじゃないか」

と、企画部長の平田が仕事の手を止めて、「しかし、赤垣も困った奴だな」

「私にも原因があって……」

「大人なんだ。赤垣には、自分のしたことの責任を取らせなきゃ」

平田は、パソコンを相手に苦闘していた。

「おい、このデータをグラフにしてくれないか」

「分りました。円グラフですか？」

「それが分りやすいだろう」

縁は平田の席に座ると、パソコンをいじり始めた。

「――やっぱり若いのにはかなわんな」

「部長だって、まだ四十五じゃないですか」

「有本君と結婚するのか」

「そのつもりです」

「ハネムーンで休むなら、早めに言ってくれ」

「邪魔しないで下さい！」

「すまん」

縁は手ぎわ良くグラフを色分けして作ると、

「――これで？」

「うん。僕が下手にいじって台なしにしないようにしといてくれ」

と、平田は肯いた。

「河村爽子の方は大丈夫そうです」

「そうか。――有本君を助けて、実現させてやれ」

「はい」

縁は立ち上った。「この件を通して、指揮者の和泉広紀ともつながりができそうです」

「そいつは役に立ちそうだな」

「きちんと挨拶に行きたいと思いますが、部長の名を出しても？」

「むろん構わん。何なら、一度食事でもするか」

「伺ってみます」

と、縁は言った。「お力を借りた〈G興産〉の杉原さんもお招《よ》びしたいですけど」

「任せるよ」

「はい！」

縁は力強く答えた。

縁がビルから出て来るのを、赤垣は道の向いのコーヒーショップからガラス越しに眺めていた。

とっさに、店を飛び出して縁へと駆け寄り、ポケットのナイフで刺そうかと思った。しかし、赤垣の足は動かなかった。

縁は足早に地下鉄の駅へと消えて行く。

赤垣の足を止めさせたのは、縁の活気に溢れた様子だった。

「あいつ……」

縁があんなに元気よく、仕事に出かけて行く姿を見たのは初めてだった。それは、有本との恋から来ているのだろう。

悔しいが、その点は認めざるを得ない。

そうだ。――縁を苦しめるのなら、有本を殺すのが一番だろう。

しかし、今、それは難しい。有本の周辺は警戒されているだろう。

どうして、ガードマンを殴ってしまうという馬鹿なことをしてしまったのか、赤垣にもよく分らなかった。ただ、追いかけて来る制服の男に、なぜか激しい恐怖心を覚えたのである。

そして、気が付くと、手近なパイプ椅子を振り上げて、ガードマンに向って叩き付けていた……。

大したことじゃない。そうとも。別にガードマンが死んだわけでもないし、そうひどいけがでもなかったろう。大げさに言って、ニュースにしているだけだ。

しかし、警察に見付かれば逮捕されるだろう。そのことは分っていた。

縁本人でなく、誰か周囲の人間を狙うのがいい。

「――そうだ」

縁がよく話していた伯父がいた。――名前は忘れてしまったが、どこだかの小学校のスクールバスを運転していると言っていた。

有名な私立だ。――確か〈S学園〉。そうだったと思う。

同僚の子供がS学園の中学校を受験して合格したとき、

「そこの小学校で、伯父がスクールバスを運転しています」

と、縁は言っていた。

〈S学園小学校〉のスクールバス。

見付けるのは難しくないだろう。

縁は、伯父が自分のせいで殺されたと知れば苦しむに違いない。有本との仲も、それをきっかけに壊れるかもしれない。

「そうだとも……」

何としても、あの二人を幸せにしてやるものか。

赤垣は、旨いとは言えないコーヒーを、思い切り飲み干した。

21　誘　惑

「まあ、そんなこと……」

爽香は、滝井縁からの電話に出ていた。

「ぜひ、杉原さんもご一緒に、と和泉さんもおっしゃっていて」

「分りました。喜んで」

「良かった！　じゃ、詳しいことは改めてご連絡します」

指揮者の和泉広紀との会食に、爽香も招ばれたのだ。

「こちらは私と上司の平田が参ります」

と、縁は言った。

「了解しました」

企画部長というから、知り合いになっておいても損はないだろう。

「ところで、赤垣という人、見付かりましたか？」

と、爽香は訊いた。

今は珍しく(?)オフィスの席にいる。

「いえ、まだのようです」

「用心して下さいね」

「はい」

と、縁は言った。「ご心配いただいて。私、すっかり忘れてました」

「外へ出るときは、ちょっと左右を見回して下さい。それだけでも、ずいぶん違いますよ」

経験から来た忠告である。

では、と通話を切ると、すぐにかかって来た。

「ああ。――もしもし」

松下からである。

「おい、例の赤垣だがな」

「何か分りましたか？」

「なじみの店が分った。当ってみるか？」

「お願いします」

と、爽香は言った。「でも、危いかもしれませんよ。警察へ知らせて、任せた方がいいんじゃありませんか？」

「俺みたいな人間が通報しても、『大きなお世話』と言われるだけさ。変に勘ぐられてもいやだしな。ともかく当ってみて、詳しいことが分ればお前に知らせる」

「分りました。そのときは私から警察へ知らせます」

と、爽香は言って、「でも、どうしてそんなにすぐに分るんですか？」

「親しかった奴、住いの近所の奴から話を聞く。それだけさ」

「でも、それは……」

「相手が刑事じゃ話したくないさ。下手に巻き込まれたり、犯人に逆恨みされたらたまらねえからな。その点、俺はもの分りがいいんだ」

「そういうことですか」

「ともかくこれから新橋の〈S〉ってバーに行ってみる。なじみのホステスってのもいるらしい」

「よろしく」

「昔のよしみだ。安くしとく」

と、松下は言って笑った。

通話を切ると、あやめがにらんでいる。

「また危いことに手を出して！」

「違うわよ」

爽香はあわてて言った。「たまたま会った人に頼んで、赤垣って人を捜してもらっただけ」

「チーフが恨まれますよ。いつも運がいいとは限らないんですから！」

「はいはい」

あやめはこのところ、ほとんど小姑《こじゅうと》みたいになりつつある。

そうか……。

兄、充夫と則子の所にも顔を出さなければ。アルコール漬けになる前に。

果して兄が爽香の言うことを素直に聞いてくれるかどうか……。

でも、何とかしなければ。兄、充夫のリハビリが長引けば、それだけ経済的な負担も大きくなる。

正直、爽香にも自分の暮しがある。明男と共稼ぎといっても、そう余裕のある生活ではないのだ。兄の所を助けるにも限度がある。

「宝くじでも当らないかな……」

と、爽香は呟いた。

あやめが机の電話を取って、

「――チーフ、社長がお呼びです」

「はい！」

あわてて背筋を伸した爽香だった。

「〈M地所〉ですか……」

と、爽香は言った。「そこって……」

「うん。例の事件のあった所だろ？　ヴァイオリンの子……」

「河村爽子です」

「そうそう。あの子を使ったイベントをやるそうだな」

「爽子ちゃんが参加するだけで、うちがやるわけでは――」

「分ってる」

田端将夫《まさお》は肯いて、「今度、M地所が大規模開発にのり出す。オフィス、住宅からショッピングセンター、レストラン街まで含めて、ちょっとした『町作り』になる」

「そんなに大きな話なんですか？」

「M地所としても冒険だろう。失敗するわけにはいかない。ただ、自分の所だけではとてもプランをまとめ切れない」

「はあ……」

「せっかく、M地所と縁ができたんだ。そこへぜひ加わりたいということだ」

爽香も、さすがにすぐには言葉が出て来なかった。

「これはまだ極秘事項なんだ」

と、田端は言った。「含んでおいてくれ」

「承知しました」

と、爽香は肯いて、「でも社長、そんな大きなプロジェクトですと――」

「もちろん、大手の広告代理店が全部のり出して来る。他にも、数え切れないくらいの企業が絡んでくるだろう」

「当然ですね」

「うちがどこまで食い込めるか、だ」

「何しろ、企業としての規模が違います」

田端はニヤリと笑って、

「そこが君の腕だ。むろん、コネや顔つなぎだけで決る世界じゃない。しかし、君への信頼があれば、大分違うだろう」

「努力します」

としか言いようがない。

「ところで――」

と、田端はお茶を一口飲んで、「ご主人は順調に?」

「はい。楽しんでいるようです」

「それは良かった。真面目な人だからな」

「子供に結構好かれているようです」

「分るな。子供はやさしい人をちゃんと見分ける」

「そう言っときます」

と、爽香は笑って言った。

まさか、明男が子供だけでなく、母親にも好かれているとは思ってもいなかったが……。

時間だ。

明男はバスに乗ると、正門の前に着けた。

終りのチャイムが鳴る。――二、三分すれば、ワーッと凄い勢いで子供たちが飛び出してくるのだ。

ケータイが鳴った。

「――もしもし」

「大宅です。今日、寄っていただけます？」

大宅栄子からだった。

明男はすぐには返事ができなかった。

「――もしもし？」

「ああ、すみません。ちょっと電波が……」

と、明男は言った。「何と言ったんですか？」

「あの、今日、もし良かったら――」

「すみません。もう子供たちが乗って来るので」

と、早口に言って、「後で連絡します」

「分りました。ごめんなさい」

「いや……」

――まだ子供たちはやって来ていない。

栄子は、おそらく分っているだろう。明男が逃げているのだということを。

ケータイをポケットへ入れ、明男は固い表情でじっと校舎の方を見ていた。

栄子の家に、明男は二度寄っていたが、むろんみさきもいるわけで、あれ以来栄子との間に何もない。

しかし、自分の方へ向って溢れて来るような栄子の思いが募って来ていることは感じていた。正直、明男は怖いと感じ始めていた。

もし、栄子の所へ寄って、みさきが昼寝でもして二人きりになったら……。栄子を拒み通せるか、自信はなかった。

もう会うべきではない。――いやというほど分っていた。分っていたが……。

爽香を裏切りたくないという思いも、もちろんあった。それに、万一大宅栄子との付合いが知れれば、今の仕事を失うことになるだろう。

「何をやってるんだ、お前は……」

明男は自分に向って呟いた。

やっと、校舎から子供たちが出て来るのが見えた。


怪しいな……。

長年の直感というものだろう。――松下はその古びたバーの扉と、二階の窓の張り出した格子を見上げていた。

以前のバーは辞めて、そのホステスは今この小さなバーを一人でやっているということだった。一階が店、二階が自宅らしい。

しかし、とてもはやっているとは思えない。扉には傷や汚れが目立つ。二階の張り出しも赤く錆《さ》びている。

こういうだらしのなさは「危険」なしるしである。

他に入口があるようでもなく、松下はバーの扉を叩いた。まだ眠っている時間か。

意外にすぐに窓が開いて、

「誰？」

と、髪をボサボサにした女が顔を出した。

「あんた、以前〈S〉にいたミキかね」

と、松下は言った。

「だったら何なの？」

「人を捜してる。あんたがなじみだった、赤垣って男だ。知らないか」

「赤垣？」

ミキという女は眉をひそめて、「そんな客、いたかしら……。いちいち憶えてられないわよ」

「そうか」

「寝てるところだったのよ」

「起こしてすまん。失礼する」

と、松下は肯いて見せると、そのバーの前から離れた。

女から見える角を曲がると、足を止め、そっと覗く。窓の所に、まだ女の姿が見えている。

赤垣がいる。——松下はそう思った。

眠っていたにしては、すぐに顔を出した。それに松下が何者か、訊きもしなかったのは不自然だ。

当然、刑事ではないかと疑ったはずだ。

そして、松下は赤垣について訊くとき、わざと「赤垣」の発音を少し曖昧にした。知らない名なら、「赤崎」とか「坂崎」とか聞こえただろう。

問い返すこともなく「赤垣」と聞き取ったのは、知っているからだ。

窓が閉まり、十五分ほどすると、バーの扉が開いてミキが出て来た。コートをはおって財布を握っている。

松下は、ミキがコンビニへ行って、弁当らしいものを買って袋をさげて戻って来るのを確認すると、爽香に電話した。

話を聞いて、爽香は、

「すぐ警察へ知らせます」

と言った。「さすがですね」

「今、女が弁当を買って来た。もう少しいるだろう」

と、松下は言った。「後は頼むぜ。仕事があるんでな」

「承知しました」

手早く切ると、松下はその場を離れようとしたが、少しためらって、

「ここまで来たんだ……」

と呟くと、一応赤垣が捕まるのを見届けてやろうと思った。

ところが——もう一度覗いたとき、あのバーから男が出て来たのである。

赤垣だろう。手に袋をさげている。弁当を持って出たのだ。

松下のことを用心したのかもしれない。

「畜生」

と、舌打ちして、「しょうがねえ……」

松下は足早に歩いて行く赤垣の後を尾《つ》けて行った。


「おじちゃん」

と、大宅みさきが運転席の所へやって来て言った。

「やあ」

「今日、パイを食べに来るよね?」

パイか。——明男も思い出した。

栄子が、

「今度はパイを焼きますね」

と言っていたのを。

「今日はちょっとご用があってね」

と、明男は言った。「さ、座って」

「うん……」

みさきがつまらなそうに口を尖らす。

他の子が一杯乗っているので、あまり話してはいられない。

「さ、出発するよ」

と、明男はアクセルを踏んだ。


「——今、どこですか？」

事情を聞いて、爽香は訊いた。

松下は歩きながらケータイで爽香へ連絡していたのである。

「待ってくれ」

松下は息をついて、「奴は足を止めた。——あの女の方から何か分らなかったのか」

「赤垣が泊ったことは認めたそうですけど、それ以外は知らないと言ってるそうです」

「そうか。厄介ごとに巻き込まれたくないだろうからな」

松下はちょっと眉をひそめて、「あいつ、何をしてるんだ？」

「どうしたんですか？」

と、爽香が訊いた。

「何だか——学校の前にいる」

「学校？」

「うん。足を止めて、校庭の方を覗いたりしてる。子供が通ってるわけでもないな。独り者だろ」

「どこの学校ですか？」

「私立だな。ええと……」

松下は小型のオペラグラスを取り出して、

「よく見えない……。〈S学園〉だ。そうだった。昔、来たことがある。——聞いてるのか？」

「〈S学園〉？　確かですか？」

「ああ。心当りがあるのか」

「赤垣が恨んでる滝井さんの伯父さんが、以前、そこのスクールバスのドライバーでした」

「以前？　今は違うのか」

「でも、赤垣は知らないかもしれません。まだその伯父さんが運転してると思っているかも……」

爽香は言った。「スクールバスがいませんか？　新緑色の？」

「待てよ。——ああ、今校門の前に着いたところだ」

「学校の人——ガードマンでもいませんか？　スクールバスがもし狙われたら——」

爽香の声が上ずった。「今運転してるのは、私の主人なんです！」

22　追跡

　縁は、ちょうど出かける仕度をしていた。

　部長の平田について、新しい企画の共同提案者になるプロダクションに出かけるところだった。

「個人のプロダクションなんだな？」

と、平田がエレベーターを待つ間に言った。

「そうなんです。あまり実績もない所で。どうして共同提案になったんですか？」

「僕もよく知らないんだが、どうも銀行のお偉方の一人から社長に話があったらしい」

「銀行ですか」

「そのプロダクションの社長は、今の頭取の息子らしいよ」

「そんな……。そんなことで？」

　縁は唖然とした。

「今どき、呆れるよな。しかし、現にそういうコネで仕事が動くのも、今の日本だ」

エレベーターで一階へ下りながら、平田は言った。「行ったら、まず金の話をする」

「お金ですか」

「共同提案といっても、仕事は事実上ほとんどうちでやる。利益を折半などと言われたらかなわんからな」

「そうですね」

「三割までは仕方ないと思ってる」

「何もしなくて三割ですか？」

「その代り、仕事に口を出させない。その方がいいんじゃないか？」

「そうですね！」

と、縁は思わず何度も肯いた。

事情をよく分っていない人間に口を挟まれたり、引っかき回されるくらいやりにくいことはない。

それくらいなら、三割払っても何もしないでいてくれた方が助かる。

エレベーターを出て、歩きかけたとき、縁のケータイが鳴った。この着信音は、杉原爽香からだ。

「すみません、部長。杉原さんからなので」

「ああ、いいよ」

「――もしもし」

「縁さん、赤垣が今、〈S学園〉に」

「え？」

「スクールバスを伯父さんが運転してたこと、赤垣は知ってる？」

「待って下さい」

縁も、思いがけないことで混乱した。「たぶん……。ええ、話したことがあります」

「やっぱりね」

縁は息を呑んだ。

「じゃ、伯父が乗ってると思って？」

「たぶんそうだと思うの。スクールバスは走り出したんだけど、赤垣はタクシーを停めて追って行ったたって」

「何てこと！　スクールバスに連絡が――」

「今、私の知ってる人が学校へ駆け込んでるわ。運転してるのは主人だけど、子供たちにも危害を加える心配があるわ」

「私、すぐ〈S学園〉に向います」

「私も今会社を出るところ。主人にもかけてるんだけど、個人用のケータイは切ってるらしくて」

と、爽香は言った。「伯父さんに連絡して、どこか途中でスクールバスに警告できないか――」

「訊きます」

縁は平田へ、「すみません！　赤垣さんが何かとんでもないことを」

「赤垣か！」

平田は厳しい表情になって、「うちの社員だ。よし、一緒に行く」

と、縁を促した。


最初のポイントが見えて来て、明男はスピードを落とした。

お迎えの母親が数人、立っている。

降りる子が立ち上っているので、

「ほら、いつも言ってるだろ。バスが停ってから立って。転ぶからね」

「はあい」

と、揃《そろ》って返事をする。

可愛いな。――明男はつい笑ってしまった。

バスが停って、扉が開く。

「はい、ちゃんと間違えずに降りるんだよ」

と、明男は振り向いて言った。

「さよなら！」

「はい、また明日ね」

と、明男は手を振った。

「ただいま！」

「お帰りなさい」

と、母親と声をかけ合っている。

「ありがとうございました」

と、明男に言って行く母親もいた。

「どうも。――降り忘れたあわてんぼさんはいないかな？」

「いないよ！」

と、一斉に声が上る。

「よし。じゃ、出発だ」

扉を閉めようとしたその時、バスの後方から走って来た男が、バスに飛び乗って来た。

明男はびっくりして、

「これはスクールバスだぞ！」

と怒鳴った。

しかし、すぐにその男が間違って乗ったわけではないと分った。目つきがただごとではない。

「何だ、あんたは！」

明男はエンジンを切って立ち上った。

男はじっと明男を見つめていたが、

「騒ぐな！」

と、上ずった声で言うと、ポケットからナイフを取り出した。

扉は開いたままだ。外にいる母親たちが顔を見合せている。警察へ誰かが通報してくれる
だろう。

「落ちつけ！」

と、明男は言った。「何の用だ？　そんな物騒な物はしまえよ」

子供たちはポカンとしている。——男が、

「お前が運転手か？」

と訊いた。

「ああ」

「違う！　もっと年齢《とし》の行った奴がいるはずだ」

「久松さんのことか？　もう定年で辞めたよ」

明男はハッとして、「そうか。あんたは赤垣さんだな」

「俺を知ってるのか」

「久松さんの姪ごさんと何かあったんだろう？　それで伯父さんに会いに来たのか」

「畜生！　こんな馬鹿な！」

「待ってくれ。——子供にけがさせたくないだろ？　そんなこと、望んじゃいないだろ？

だったら、子供たちを降ろさせてくれ。それからゆっくり話そう」

赤垣は深く息をつくと、

「だめだ！」

と、首を振った。「その久松って奴をここに呼べ！　それまでは誰もバスから降ろさない」


「もしもし、伯父さん？」

タクシーの中で、縁は久松からの電話を受けた。

「縁か。どうしたんだ？　今、学校から電話があって……」

「大変なの」

縁の話を聞いて、

「じゃ、赤垣って奴がスクールバスを狙ってるのか」

「まだ伯父さんが運転してると思ってるんだわ、きっと」

「何てことだ……。すぐ家を出て学校へ向うよ」

「私も今、向ってる。あと十分くらいで着くと思うわ」

「分った」

通話を切ると、すぐに爽香からかかって来た。「――滝井です」

「今、S学園に着きました」

と、爽香が言った。「学校の方からスクールバスへ連絡しているそうですが、出ないそうで。そちらは？」

「もう少しで。伯父もこっちへ向っています」

「分りました」


爽香がケータイを手に、S学園の正門へと出て来ると、

「おい、分ったぞ」

と、松下がやって来た。「赤垣はスクールバスに乗り込んでる。刃物を持っているらしい」

爽香の表情がこわばった。

「子供たちは？」

「まだバスの中だ。ここから十分くらいの所にいるらしい」

「警察へは？」

「居合せた母親が通報した。じきパトカーが集まって来るぞ」

「あんまり刺激しては……。子供たちにけががないようにしないと」

爽香は待たせておいたタクシーに松下と乗ると、スクールバスのルートを辿ることにした。

「サイレンだわ」

と、爽香が言った。「赤垣を追い詰めない方がいいんだけど」

「お前の亭主も危いぞ」

「腹いせに刺されることもあり得ますね」

「他人事《ひとごと》みたいだな」

「そうじゃありませんけど……。明男としては、子供たちを守るのが第一ですから」

「赤垣ってのも、相当おかしいな」

「久松さんを狙おうとした当てが外れて、やけにならないといいですけど……」

むろん、明男も無事でいてほしい。しかし立場上そうは言えない。

「あれか」

と、松下が言う。

確かに、新緑色の車体が目に入った。

「少し手前で降りましょう」

と、爽香は言った。

23 賭け

　まずい、と明男は思った。

　パトカーのサイレンが聞こえて来たのだ。

　赤垣は頭に血が上っている。ちょっとしたことで「切れかねない」のだ。

「畜生！」

　赤垣はナイフを持ち直した。「おい、バスを出せ！」

「もう諦めろよ」

　と、明男はできるだけ穏やかに言った。「警察が来たら、もう何もできない。そうだろ？」

「余計なこと言ってないで、バスを動かせ！」

「悪いことは言わない。今なら、あんたはまだ大したことはしてない。ナイフを捨てて、バスから降りろよ」

「うるさい！」

「もし、俺でも子供でも、ちょっとでも傷つけたら、大変なことになる。分るだろ？　冷静に考えてみろよ。こんなことしたって、あんたはその女性を取り戻せるわけじゃないんだ」

「つべこべ言わずにバスを出せ！　その辺の子供を殺すぞ！」

「分った。——分ったから落ちつけ」

殺す、という言葉を口にした。自分の言ったことでますます興奮してしまうのだ。

「バスを出せばいいんだな。しかし、どこへ行くんだ？」

「ともかく動かせ！」

「いいよ、分った」

明男は、ポカンとしている子供たちの方へ、「心配いらないからね。みんなちゃんと座ってるんだよ」

と言った。

しかし、子供たちの方も、何が起っているのか分って来ている。怯えた表情を見せる子もいた。

このままバスを出せば、子供たちがパニックになりかねない。そうなると、赤垣がナイフで切りつけることも考えられる。

バスの扉は赤垣に言われて閉めてあった。

どうする？——明男は迷った。

そのとき、バスの外から、

「明男！」

という声が聞こえた。

爽香だ！　爽香がバスの扉を手でバンバンと叩いて、

「開けて！」

と叫んだのだ。

「何してやがる！」

赤垣が窓から外を覗いた。一瞬のチャンスだった。

明男がボタンを押すと、扉がシュッと音をたてて開いた。

「おい！」

赤垣が振り向く。明男は赤垣へと飛びかかった。床に折り重なって倒れると同時に、

「子供たちを降ろせ！」

と、明男は怒鳴った。

赤垣があまり腕力のない男だったのが幸いだった。ナイフを持つ手を床へ押し付けておいて、明男は拳で赤垣の顔を殴った。

「よせ……。やめてくれ！」

鼻血を出して、たちまち赤垣は戦意を失ってしまったようだった。

「みんな降りて！」

爽香が子供たちを次々にバスから降ろす。入れ代りに乗って来たのは松下だった。

「大丈夫だ！　任せろ！」

赤垣の手からナイフをもぎ取ると、手首をねじ上げた。

「痛い……。やめてくれ……」

赤垣は泣き声を上げた。

「情けない声を出すな！　泣くくらいなら、初めからこんな真似、しなきゃいいんだ！」

と、松下が怒鳴りつけた。

明男は立ち上った。ドッと汗がふき出して来る。

爽香が次々に子供たちをバスから降ろして、最後の一人を降ろすと、

「明男！　けがしなかった？」

と息を弾ませて訊いた。

「ああ。俺は大丈夫だ……。いいタイミングだったよ」

爽香は明男へ駆け寄ると、しっかり抱きついた。

「おい……。お母さんたちが見てるぜ」

「構やしない。——恥ずかしくなんかないよ」

爽香は明男にキスして、「明男にまたけがされたら、かなわない」

「全くだな」

と、明男は笑った。

「警官が来たぞ」

と、松下が言った。

同時に、滝井縁が息せき切って走って来た。

「杉原さん！」

「あ、縁さん。もう大丈夫よ」

松下が赤垣を警察へ引き渡す。手錠《てじょう》をかけられた赤垣は、鼻血でシャツが汚れていた。

「赤垣さん……」

縁は息をついて、「馬鹿なことを……」

「こいつか」

久松がやって来ると、「子供たちは大丈夫か」

「けが人はいません」

と、明男が顔を出す。

「迷惑かけちまったな」

と、久松は言って、明男の手を握った。

縁はハンカチを取り出すと、赤垣の鼻血を拭いてやった。

「間違えないでね。あなたにやさしくしてるんじゃないの。子供たちが怯えるから」

「すまない……」

赤垣は声を詰らせて、「こんなことをするつもりじゃなかった。自分でも分らない内に……」

「それは子供の言いわけよ。あなたは大人なのよ」

縁は突き放すように言った。

パトカーがもう一台やって来る。そしてS学園からも人が駆けつけて来た。

「さあ」

と、明男は言った。「ともかく子供たちを送って行かないと。お母さんたちが心配してるだろうからな」

「そうね。松下さん、ここ、お願いできる?」

「ああ、いいよ」

「私もついて行くわ。久松さん、もしできれば——」

「ああ、もちろんだ。さ、みんな乗って!」

子供たちを乗せて、スクールバスは走り出した。

「他の母親たちも知ってるだろう」

と、明男が言った。「たぶん、今の所にいた誰かがメールか電話で知らせてる」

「そうね、きっと」

爽香は肯いた。

案の定、行く先々で、待っている母親たちは口々に、

「ありがとう、杉原さん！」

「凄かったんですってね！　犯人と格闘したって？」

と、明男に声をかけた。

「――やれやれ、当分噂になりそうだ」

と、明男は苦笑している。

最後の地点で、大宅みさきの母、栄子が待っていた。

扉が開くと、みさきが降りようとして、

「バイバイ」

と、明男は言った。

「みさき！　大丈夫？」

栄子が我が子を抱き上げた。

「うん。お兄ちゃん、強かったよ！」

「そう。――ありがとうございました」

栄子が明男の方へ頭を下げた。

明男は黙って会釈しただけだった。

扉が閉るとき、みさきが、

「また遊びに来てね！」

と、手を振った。

明男はバスを出した。

「――学校へ戻った方がいいですね。現場検証があるでしょうけど」

「そうだな。お前はヒーローだ」

「やめて下さい。たまたまの成り行きですから」

爽香は扉の近くに立っていた。

あの生徒が、「また遊びに来て」と言って、明男が黙ってしまった、その空気が気になっていた。

あの言葉は、当然明男にも聞こえていたはずだ。何か返事をするか、振り向いて手を振るぐらいのことはしそうだが……。

また遊びに来て……。

ということは、遊びに行ったことがある、という意味だろうか？

いやいや、子供の言葉をそこまで本気で受け止める必要はない、と爽香は自分に言い聞かせた。

バスが信号で停ると、明男が振り向いて、

「おい、座れよ。どこも空いてるんだ」

「そうね」

爽香は近くの座席に座った。「本当にけがしてない?」

「ああ。けがはしてないけど、ズボンが破れた」

「買ってあげる。ごほうびに」

と、爽香は言った。

バスはS学園の校門へと近付いていた。

「何だ、あれ?」

と、明男は声を上げた。

校門の前に、車が何台もひしめき合っていた。TV局の名が見える。

「取材よ、きっと」

「参ったな! おい、爽香、代りに何か言ってくれ」

「だって、それは……。一度はちゃんと話した方がいいよ。自慢にならない程度に。でも、本当のことを、ちゃんと」

「分った。じゃ、一旦バスを戻してからにしよう」

しかし、それは無理だった。

バスが校門へ近付くと、報道陣がワッと押し寄せて来て、バスを取り囲んでしまったのである……。

「ありがとうございました」

爽香は松下に礼を言って、「料金、おいくらになります？」

〈G興産〉に近い喫茶〈ラ・ボエーム〉である。

「今回はサービスだ」

と、松下はコーヒーを飲んで、「このコーヒー代だけ払ってくれ」

「そんなのいけませんよ。〈消息屋〉って商売じゃありませんか」

「いや、俺もTVに顔が出て、こういう商売をしてるって知られたんで、あちこちから仕事が来てる。広告料だ」

「でも……」

「いいじゃないですか」

と、マスターの増田がコーヒーカップを洗いながら言った。「杉原さんには、何かしてあげたくなっちゃうんですよ」

爽香は苦笑して、

「じゃあ……。ありがたく」

と、一礼した。「でも子供たちが無事で、本当に良かった」

「昨日、昔から知ってる記者に会ってな」

と、松下は言った。「あの赤垣って奴のことを聞いたよ」

「何か分ったんですか?」

「奴の父親は公務員で、公金横領《こうきんおうりょう》で捕まったらしい。奴がまだ小さいころだ。制服の警官に手錠をかけられて、泣きながら引きずられるように連行されて行った父親の姿が、強烈に印象に残っていたらしいよ」

「それで制服のガードマンを殴りつけたんですね」

「制服を見ると、怯えてしまうんだろうな。——これで少し頭を冷やして立ち直るといいが」

「そうですね」

爽香も増田のいれたコーヒーをゆっくりと飲んで、「主人の周囲も、やっと落ちつきました」

「まあ、悪く言われることはないだろ。今の仕事も続くだろうし」

「ただ——赤垣を取り押えたことで、表彰って話が出て……」

「警察からか」

「ええ。でも、主人が即座に断ったんです。何しろ前科があるし」

「そうか……。却って余計なことを掘り返されるのは迷惑だな」

「ええ。ともかく、子供たちを守れただけで充分満足してますよ、本人も」

——爽香たちは〈ラ・ボエーム〉を出ると、そこで別れた。

会社へ戻りかけていると、ケータイが鳴った。

「もしもし？」

「今回は亭主が大活躍したな」

「中川さん。——今度はあなたの手を借りずにすみました」

「居合せなくて残念だ。一発で仕止めてやったのに」

「中川さん！　そう人を殺さないで下さいよ」

「言ってるだけさ。俺も最近は大分やさしくなったんだ」

「自分で言ってりゃ世話ないですね」

と、爽香は言ってやった。

「お前も苦労が絶えないな。もう諦めてるだろうけど」

「殺し屋さんに言われたくありません。あ、もう会社のビルに入りますので」

「まだ二十メートルある」

「え？」

キョロキョロと周囲を見回した爽香は、道の向いに停っている車の中で手を振っている中川を見付けて、笑ってしまった……。

24　明日へ

「本日から参加の、栗崎英子さんです！」

と、助監督の声がセットに響く。

栗崎英子が入って来た。

このシーンは地味な衣装なのだが、パッと華やかに見えるのは、やはり「スター」ならではだった。

拍手が起る。特にベテランのスタッフからは熱い拍手が送られていた。

「どうも」

と、英子はよく通る声で言った。「ご心配をおかけしました。こうして何とか生きて戻って来ました。よろしくお願いします」

声の張り、言葉の明瞭さ。――確かに少しやせてやつれはしたが、そのエネルギーは少しも衰えていない、と誰もが思った。

「こちらこそよろしく」

と、監督が立って挨拶する。「お疲れのようでしたら、すぐおっしゃって下さい」

「大丈夫です。今日は二カットだけね」

「ええ。テスト、行っていいですか？」

「もちろん。私、まだ八十二ですよ」

と、英子は堂々と言った。

二カットの内、ワンカットはごく短いが、もう一つは、やりとりのある長いカット。

しかし、英子はセリフが完璧に入っていて、スタッフを唸らせた。

――爽香はスタジオの隅で、その光景を眺めていた。

むろん、スタッフもキャストも、大先輩である英子に気をつかっている。しかし、英子の方がそんな空気を打ち消すように、演技に力をこめていた。

「はい、ＯＫです！」

と、監督は肯いて、「すばらしい。――栗崎さん、お疲れさまでした」

「明日はロケね。何時発？」

「朝七時です。お迎えに上ります」

「いいの。私はただの脇役よ。山本と一緒だから大丈夫」

と、英子は言った。

「今のカット、モニターを見ますか？」

と、監督が訊くと、

「いいえ。昔はフィルムのラッシュを見ないと分らなかったものよ。映画はＴＶと違う。分らなくていいの」

「そうですね」

「じゃ、お先に」

と、英子は会釈して、行こうとした。

ライトがパッと一斉に点いて、昼間のように明るくなった。

英子が面食らって足を止める。

そこへ――静かなヴァイオリンの音色が聞こえて来た。

「まあ……。生の音ね」

と、英子が言うと、ヴァイオリンの音が近付いて来た。

爽子だった。――弓を一旦止めると、

「復帰おめでとうございます！」

と言った。

同時にスタジオ中から、隠れていた人々が次々に現われる。

爽香も少し遅れて人の輪に加わった。

「まあ、忙しいのに……。ありがとう、皆さん！」

花束をもらって、英子は手を振った。

「よろしくお願いします」

と、爽子が英子に挨拶する。

「はいはい。あなたは何も心配しないで、ヴァイオリンを弾いてればいいの。私と、この爽香おばさんがしっかりあなたを守ってあげるからね！」

「はい」

「一度、あなたの先生を連れてらっしゃい。私がよく見てあげるわ」

「もう行きましょう」

と、山本しのぶが英子をつつく。「明日は早いんです」

「そうだったわね。じゃ、また明日！」

英子は堂々とスタジオを出て行った。

「──凄いな」

と、爽子が言った。「あの年齢《とし》で……。エネルギーが溢れてますね」

「でしょ？　爽子ちゃんはまだこれからよ。うんと学ぶことがあるわ」

「ええ。──爽香さんをお手本に」

「私はだめよ。私は人に生かされてるの。感謝しなきゃいけない人が大勢いる」

爽香はそう言って、「さ、帰りましょ。送るわ」

「私、大丈夫。もう二十歳《はたち》よ」

爽子はヴァイオリンをケースにしまった。

しかし、二人で撮影所の正門を出ると、

「あ、お母さん」

河村布子が車にもたれて立っていた。

「先生、お迎えですか」

「ええ。風邪ひかせちゃいけないから。来週はコンチェルトがあるのよ」

「分ってるわよ」

と、爽子は少しむくれている。

「じゃ、私、ここで」

爽香は爽子を車に乗せると、「――ご主人、いかがですか?」

夫の河村が、胃を悪くして入院しているのだ。

「うん……。まあ何とかね」

と、布子はちょっと目を伏せた。

「よろしく伝えて下さい」

「ええ。ありがとう」

布子の車を見送ると、爽香はちょっと首を振った。あの布子の様子では、河村の具合はあまり良くなさそうだ。

「さ、帰らないと……」

爽香は駅への道を急いだ。北風が顔に痛く当る。

――駅の改札口を入ったところで、ケータイが鳴った。家からかと思ったら、浜田今日子《はまだきょうこ》からだ。

「もしもし、今日子？」

「爽香、今どこにいる？」

「まだ外。でも大丈夫よ。何か？」

「則子さんのことなんだけど」

爽香の義姉、則子はずっと家にいたが、この三か月ほど、今日子の勤める病院の事務に雇ってもらっていた。

綾香の稼ぎだけではとてもやっていけない。

弟の涼《りょう》は大学へ入り、自分でアルバイトをして何とかやっている。

「則子さん、どうかした？」

「今日、病院で倒れたの」

「え？」

「貧血でね。でも、調べたらどうも――肝臓やられてるみたい」

「そう……。ごめん、迷惑かけて」

「いいんだけど、何しろうちも小さな病院だからね」

「うん。どこかよそで診てもらう。今、どこに？」

「さっき帰ったって。私、もう家なんだけど、当直の医師から連絡があって、大丈夫だからって言って、則子さん、帰ったそうよ」

「今日子。──正直なところ、どんな風？」

と、爽香は訊いた。

「詳しく調べないと分らないけど……。手術した方がいいかもしれない」

「そう……」

爽香の声は、つい重苦しくなった。今日子が急いで、

「もちろん、検査してからじゃないと、はっきり言えないけどね」

と、付け加えた。

「うん、分ってる。ありがとう、今日子」

「爽香……。あんた、何もかも自分一人で引き受けちゃだめよ。今だって、何人分の苦労をしょってるんだから」

「オーバーだよ。私はそんなに偉くない」

「それ以上は無理。あんたが倒れるよ」

「もう倒れそうよ」

「冗談言ってる場合じゃないでしょ」

「まあね」

爽香はちょっと笑って、「綾香ちゃんや明男とも話し合って、どうするか決める」

「そうそう。一人だと思い詰めちゃうから。いくらあんたが逞《たくま》しくてもさ」

「失礼ね。励ましてるつもり？」

友人同士の言葉のやりとりが、爽香の気持をいくらか楽にした。

「あ、電車が来る。じゃ、今日子、ありがとう」

「また今度ランチでもしよう」

「いいわね！　じゃ、明日香《あすか》ちゃんによろしく」

爽香はホームへと駆け上ったが——。行先の違う電車だった。

あと十五分待つのか……。

ホームは北風が吹き抜けて寒かったので、階段の踊り場まで下りて待つことにした。同じように踊り場に立っている人が五、六人いる。

みんなケータイを眺めている、と思っていたら、自分のケータイが鳴り出した。

「——杉原です」

「滝井縁です。すみません、こんな時間に」

「いいですよ。まだ駅なんです」

「じゃ——あの、何でもないんですけど、ちょっとご報告したくて」

「何ですか？　いいことみたいですね」

「そうですね。あの——今、有本君と二人であの温泉に来てるんです」

「ああ、事件のあった……」

「そうなんですけど、今回は無事です」

「そりゃそうですよね。有本さんは、すっかり元気に？」

「はい！　退院して、自宅静養してたんですけど、来週から出勤なので、その前に、と思って」

「良かったですね」

「本当に——杉原さんのおかげです」

「私、何もしてませんよ」

「いいえ！　あのバスで、もっとひどいことになってたら、素直にこうして来られたか分りません。本当に立派なご主人様ですね」

「今ごろクシャミしてるわ」

と、爽香は笑って、「今、有本さんは？」

「お風呂です。私、先に入って、出て来るのを待っています」

「まあ、すてき。じゃ、長くならないように……」

「たぶん、来月辺りに結婚するつもりなんです。杉原さん、式に出ていただけます？」

「もちろん！　日取りが決ったら知らせて下さい」

「ええ。――あ、出て来るわ。じゃ、これで」

「はい、お幸せに」

と言って、爽香は微笑んだ……。

あの有本という男も、ちょっと普通でないところがあったようだが、そんな彼をスッポリ丸ごと包み込む縁の愛情が、今の幸福につながったのだ。

「おめでとう……」

と呟くと、爽香はケータイをバッグにしまった。

風の冷たさが、もう気にならなかった。


「爽香さん」

その翌日、外出しようと爽香がエレベーターホールへ来ると、荻原里美が呼び止めた。

「ああ、里美ちゃん、どうしたの？」

「ちょっと紹介したい人が」

「へえ。彼氏？」

「残念でした！　ほら、おいで」

里美が手招きすると、スーツ姿で照れくさそうにしながらやって来たのは、直江敦子だった。

「あら、大人っぽいわね」

「敦子ちゃん、正社員になれました」

「本当？　良かったね！」

敦子はずっとアルバイトで働いていたのだ。

母親の輝代も〈Hモール〉で懸命に働いている。

「ありがとうございます」

と、敦子は爽香に頭を下げて、「私、頑張って働きます」

「このスーツ、私のお古です」

と、里美が敦子の肩に手をかけて言った。

「そうなの？」

「爽香さんに、『ずいぶん老けて見えるわね』って言われて、私、ショックだったんですよ」

「え？　そんなことあった？」

爽香は笑って、「取り消す！　敦子ちゃん、ぴったりよ」

「はい！」

敦子は明るい笑顔を見せて言った。

――爽香はエレベーターで一階へと下りて行きながら、

「いいことだってあるんだ……」

と、自分へ言い聞かせるように呟いた。

ケータイにメールが来た。あやめからで、

〈和泉広紀さんとの会食、今週金曜日の夜って、連絡あり〉

「はいはい……」

また一晩、予定が埋った。

エレベーターを降りると、爽香は手帳を取り出して、メモした。

いささか時代遅れな爽香だったが、これが自分流と思っている。

爽香は足早にビルの玄関へと向った。

杉原爽香《すぎはらさやか》、二十五年間（十五歳〜三十九歳）の軌跡

山前《やままえ》　譲《ゆずる》
（推理小説研究家）

「寝坊しました」と、あわてて教室に飛び込んできたのは、中学三年生、十五歳の杉原爽香である。新任教師の安西布子《あんざいきぬこ》との出会いは、爽《さわ》やかな秋晴れの一日だった。その爽香の友だちで、家族関係に悩んでいた松井久代《まついひさよ》が、「学校へ行ってもつまんない」と、若草色のポシエットとともに消息を絶ってしまう。

三日後、爽香のところに、久代から電話があった。学校で会いたいな——すぐ駆けつけたが、教室で見つけたのは、久代の無残な死体だった。親友の浜田今日子《はまだきょうこ》や、転校生の丹羽明男《にわあきお》とともに、その死の真相を追う爽香は、形見となった若草色のポシェットを手にして訪れた原宿《はらじゅく》で、久代が関わっていた危ない仕事を突き止める。だが、殺人犯はそこにはいなかった。爽香は、久代の重い決断を胸に、真犯人を追及する。［若草色のポシェット］

中学校を卒業した爽香は、S学園高校に進学した。親友の今日子も、そしてボーイフレンドの明男も一緒で、三人ともブラスバンド部に入った。夏、高原での合宿である。川で足を滑らせてみんなを心配させてしまった爽香は、フルートの練習よりも、合宿地に起こった事

件のほうが気になるのだった。［群青色《ぐんじよういろ》のカンバス］
クリスマスも間近のその日、久代の事件を捜査した河村《かわむら》刑事と安西先生は、久々のデートである。そしていよいよ、河村がプロポーズというとき、ずぶ濡《ぬ》れの若い女が助けを求めてきた。亜麻色《あまいろ》のジャケットを手にして……。着替えを持ってきてと頼まれたのは、兄・充夫《みつお》の一歳になる長女、綾香《あやか》と遊んでいた爽香である。
その女、ミユキは、幼なじみの健二《けんじ》や殺し屋の竜野《たつの》から、命を狙われていた。竜野は浜田今日子を人質にして、ミユキを殺すのを手伝えと爽香を脅《おど》す。竜野とともに、ミユキが匿《かくま》われていたホテルへ向かう爽香だったが、健二も、ボスの山倉《やまくら》から、ミユキを消せと拳銃を手渡され、ホテルに向かっていた。
ホテルでの銃撃戦で、竜野は死に、健二と傷ついたミユキは手に手を取って逃げていく。健二は決着をつけようと、山倉のもとへ向かうが……。［亜麻色のジャケット］
高校三年生の七月末、父・成也《しげや》が脳溢血《のういつけつ》で倒れてしまった。看病に疲れを見せる母の真江《まさえ》が気になり、落ちついて受験勉強ができない爽香だが、今日子が、マリファナをやっているという噂《うわさ》の大学生と付き合っていると聞いては、じっとしていられない。その大学生がやっているパーティに顔を出した爽香は、またもや殺人事件に遭遇し、命を狙われるのだった。爽香はある企業に渦巻《うずま》く欲望と策謀を暴《あば》いていく。［薄紫《うすむらさき》のウィークエンド］
経済的に大変だったが、なんとか大学には進学できた爽香である。丹羽明男も同じ大学だった。浜田今日子は医学部へ進んだ。学資稼ぎのアルバイトは、中学二年生の志水多恵《しみずたえ》の家庭教師である。その志水家の複雑な家族関係を背景に、五月の連休中、軽井沢《かるいざわ》で事件が起こってしまう。もちろんその場に、爽香もいたのである。同じ頃、明男は、母の周子《かねこ》に、同じ大学に通う刈谷祐子《かりやゆうこ》を紹介されていた。周子は爽香のことを嫌っていた……。[琥珀色《こはくいろ》のダイアリー]

前年の夏、河村刑事と結婚した布子先生が、女の子を出産、爽子《さわこ》と名付けられた。刈谷祐子と付き合いだした明男と、爽香の関係は、やはりぎくしゃくしだした。さらに大学で恋愛関係のトラブルに巻き込まれていく。爽香が英文学を学ぶ筒井《つつい》助教授は、人妻と不倫関係にあったが、筒井の妻が、爽香を夫の浮気相手だと勘違いしたのである。

今日子からは、やっかいなことを頼まれる。しつこく付きまとう後輩の香川《かがわ》に、付き合えないと伝えてほしいというのだ。爽香が諭《さと》すと納得したかに見えたが、香川は諦《あきら》めてはいなかった。今日子との恋を邪魔する杉原爽香は、絶対に許せない！　爽香は忍び寄る殺意をなんとか躱《かわ》していくが、明男との交際にはピリオドが打たれ、人間ドックでは心臓にちょっと問題が見付かってしまうのだった。[緋色《ひいろ》のペンダント]

女性が被害者となった連続殺人事件を捜査している河村刑事が、十七歳の坂井由季《さかいゆき》を事件現場の近くで補導する。家出中の由季は、河村家の居候《いそうろう》となるが、じつは連続殺人犯に心当たりがあった。一人で犯人に近づいていく由季。あわやというところを救ってくれたのは、

河村である。明男との別れで心揺れ動く二十一歳の爽香は、そんな由季の姿に支えられるのだった。［象牙色《ぞうげいろ》のクローゼット］

大学最後の夏休み、古美術店でアルバイトを始めた爽香は、卒論の準備や、母に代わっての家事に忙しい。大学事務室の和田良江《わだよしえ》からの相談事にも、忠告するのが精一杯である。そして、丹羽明男と中丸《なかまる》教授の妻である真理子《まりこ》との仲が、学内で噂になっていても、どうすることもできないのだ。良江のトラブルは河村刑事の助けで解決できたが、明男と真理子との関係は、ただならぬものとなっていく。［瑠璃色《るりいろ》のステンドグラス］

大学を卒業した爽香は、そのまま古美術店で働き始めた。明男もどこかに就職したらしい……その明男から、真夜中に電話がかかってくる。爽香の家にやってきた明男は、とんでもないことを言い出した。ホテルのバスルームで、中丸真理子が血まみれで死んでいたと。

明男の恋人だった刈谷祐子は、〈G興産〉に入社し、社長の甥《おい》の田端将夫《たばたまさお》と付き合っている。中丸教授は、女子学生の木村《きむら》しのぶとともに、ニューヨークに滞在中だった。結局、頼るのは爽香なのだ。浜田今日子が提供してくれたマンションに、身を潜《ひそ》める明男である。

中丸教授夫妻を中心とした恋愛関係が、殺人事件を複雑なものにしていた。錯綜する殺意が、新たな事件を招く。そして、「中丸先生の奥さんを殺したのは、私です」と言い残して自殺した、しのぶの父……。しかし、爽香には、真犯人は明らかだった。［暗黒のスタートライン］

爽香は、河村刑事の紹介で、ケア付き高級マンションの〈Pハウス〉に勤めることになった。そのマンションの入居者、往年の美人女優・栗崎《くりさき》英子《ひでこ》の孫が、玄関先で誘拐されてしまう。実は、借金に苦しむ英子の子供たちが仕組んだものだったが、一緒に誘拐された爽香が共犯者として疑われ、しかも誘拐犯に始末されそうになる。もちろん、危機的状況もなんのその、爽香は事件をちゃんと解決するのだ。「小豆《あずき》色《いろ》のテーブル」

爽香が列車で向かうのは、〈Pハウス〉に出資している〈G興産〉の田端社長の別荘である。仕事の打ち合わせをするはずだったが、次期社長をめぐる田端家の騒動に巻き込まれていく。それに決着をつけたのはもちろん爽香である。新社長には、田端将夫が就任した。そして爽香は、罪を償《つぐな》った明男を迎えにいくのだった。「銀色のキーホルダー」

〈G興産〉の田端将夫社長は、刈谷祐子と結婚した。なのに、爽香への好意を隠そうとはしない。爽香の兄の充夫がかかえた一千万円の借金も、将夫から借りて返すことができたのである。そこに、将夫の結婚式のコンサルティングをした畠中《はたなか》澄江《すみえ》が十年前にかかわった、未解決の強盗殺人事件に端を発する新たな事件が……。「藤色のカクテルドレス」

河村刑事の紹介で運送会社に勤め始めた明男と、ようやく結婚できたのは二十七歳の秋である。仲人は河村太郎《たろう》・布子夫妻だった。新婚旅行は、紅葉で有名な〈猿《さる》ヶ《が》峠《とうげ》温泉〉にしたのだが、恋人の脳外科医の浮気を知った浜田今日子もなぜか一緒で、しかも諸般の事情で三人が同じ部屋に泊ることに⁉　その温泉を別のカップルも目指していた。心中を決意して出奔した四十六歳の柳原《やなぎはら》と二十四歳の涼子《りようこ》である。手には爽香たちと同じ、うぐいす色の旅行鞄があった。

柳原の失踪を利用した策略が、新婚旅行中なのに、明男と爽香をのんびりとはさせてくれない。一方、東京では、七歳の女の子が殺された事件を捜査中の河村刑事が、血を吐いて意識を失ってしまう。胃の三分の二を摘出する大手術で一命は取り留めたが、事件現場に近い小学校の保健担当の早川志乃《はやかわしの》が、河村に思いを寄せ始める。［うぐいす色の旅行鞄］

実家近くのアパートで新婚生活を始めて一年、共働きの生活は順調だった。爽香の働く〈Pハウス〉の栗崎英子は、映画界に復帰してまた人気を得るが、何かと爽香を頼りにする。その英子のかつての恋人で、バリトン歌手の喜美原治《きみはらおさむ》の遺産を巡るトラブルも、当然のように相談される。トラブルはまだまだあった。兄の充夫は畑山《はたやま》ゆき子《こ》との浮気が妻の則子《のりこ》にばれ、河村太郎は早川志乃と深い仲となり、布子先生は不登校の生徒に心悩ませていた。そして、明男には二十歳の大学生・三宅舞《みやけまい》が……。［利休鼠《りきゆうねずみ》のララバイ］

二十九歳になった爽香は、〈G興産〉で新たに計画された「一般向け高齢者用住宅」の、準備スタッフとなる。その新計画を高く評価していた大臣の動向を、河村は探っていた。病気で事務職に回された河村は、偶然、ホステスの荻原栄《おぎわらさかえ》が殺された事件に出くわし、こっそり「捜査」していたのである。そんな河村と志乃の間には女の子が生まれ、兄の充夫と付き合っていた畑山ゆき子も妊娠する。爽香の周囲には生と死が渦巻いていた。［濡羽色《ぬればいろ》のマスク」

〈G興産〉に移った爽香は、〈レインボー・プロジェクト〉の中心スタッフに抜擢《ばってき》される。リーズナブルな老人ホームを建築・運営するプロジェクトである。建設予定地をめぐっての諸問題を、秘書見習いの麻生賢一《あそうけんいち》とともに、ひとつひとつ誠実に解決していく爽香だった。一方、アメリカ留学から帰ってきた三宅舞が、ストーカーに狙われる。ついにそのストーカーは、散弾銃を手に舞の大学を襲撃する。捜査の現場に復帰した河村、明男、そして爽香らによって危機を脱した舞は、イギリスへと旅立つ。［茜色《あかねいろ》のプロムナード］

河村刑事が、かつて逮捕した男に恨《うら》まれ、志乃との間にできた娘のあかねをさらわれてしまった。爽香が助け出すが、目の前に誘拐犯が！　爽香を救うのは謎の〈殺し屋〉、中川満《なかがわみつる》である。明るい話題もあった。河村太郎・布子夫妻の長女で十一歳の爽子が、ヴァイオリンの初舞台を踏み、大絶賛されたのである。その会場には、東京を離れることにした早川志乃の姿もあった。［虹色のヴァイオリン］

三年前に殺された荻原栄の娘・里美《さとみ》は、爽香の紹介で〈G興産〉に勤務していたが、〈レインボー・プロジェクト〉の一員で、四十一歳、妻子ありの寺山雄太郎《てらやまゆうたろう》に恋してしまう。その寺山は、娘の同級生である女子高生の智恵子《ちえこ》に熱を上げ、「もの分かりのいいおじさん」を演じていた。付き合いには金が必要である。建築中の〈レインボー・ハウス〉の工事代金を着服する寺山だった。

そのことを知った爽香は、なんとか穏便《おんびん》にすませようとするが、寺山の妻は明男の過去を持ち出して、夫を守ろうとする。これまで何があっても耐えてきたが、この時ばかりは明男にすがってしまう爽香だった。すべてが発覚したと知った寺山は逃走し、手榴弾《しゆりゆうだん》を手にして、〈レインボー・ハウス〉の〈特別見学会〉で爽香を狙う。その危機を救ったのは、またもや〈殺し屋〉の中川だった。［枯葉色《かれはいろ》のノートブック］

父の充夫はたびたび浮気でもめ、多額の借金を抱えている。母の則子も浮気に走った。頼りになるのは爽香叔母《おば》さんだけ……。重苦しい空気に耐えられなくなった爽香の姪《めい》の綾香は、妊娠中絶までしてしまった。その綾香が誘われた暴走族の集まりで、死者が出る。真相を追う爽香に、さらに、兄の使い込みや栗崎英子の脳梗塞《のうこうそく》と、難題が次々と降りかかるのだった。［真珠色のコーヒーカップ］

三十四歳の秋、〈レインボー・ハウス〉の運営はなんとか安定し、プロジェクトの解散も検討され始める。そんなとき、メンバーの一人である宮本《みやもと》が、自宅で殺された。死体を発見したのは爽香で、娘の怜《れい》や妻の正美《まさみ》の姿もない。どちらかが犯人？　とある学園の勢力争いも絡んで、事件は思わぬ方向へと向かっていく。［桜色のハーフコート］

思いがけず〈ケア付きホーム〉の見学でヨーロッパを訪れた爽香。それも明男が一緒だったから、第二のハネムーンというところだ。ところが、その旅先で知り合った女優と、劇団を主宰する演出家の、微妙な関係を背景にした殺人事件に、また関わってしまう。さらに、兄の充夫を巻き込んでの、爽香追い出しの動きが社内に……。でも、いいことだってあるのだ。明男の母・周子が再婚し、姪の綾香の結婚が決まり、そして待望の妊娠！［萌黄色《もえぎいろ》のハンカチーフ］

爽香・明男夫妻の第一子は、女の子だった。みんな祝福に駆けつけてきたので、病室は大《おお》賑《にぎ》わいである。珠実《たまみ》と名付けたその子をベビーシッターに預けて、爽香は仕事に復帰する。親友の浜田今日子からも妊娠の報告があったが、相手の外科医には妻子がいた。今日子はシングルマザーを決意する。

ただ、おめでたい話ばかりではなかった。兄の充夫が脳出血で倒れ、妻の則子は家を出てしまう。〈Pハウス〉でも何かトラブルがあるらしい。そして、爽香のチームには、赤字のカルチャースクールを立て直すという、新しいプロジェクトが持ちかけられる。はたして黒字化できるのか。これまでの運営とスタッフの見直しに、手間がかかるのだった。さらに、ピンチヒッターで〈レインボー・ハウス〉の温泉旅行に添乗すると、折悪しく台風接近である。泊った温泉旅館には避難勧告が出た。危うく土砂崩れに巻き込まれそうになる爽香だった。

好きこのんで危険な目にあっているわけではないが、〈殺し屋〉の中川も呆《あき》れるほどである。しかも明男は、見合い結婚をするという三宅舞にすがりつかれて……。［柿色のベビーベッド］

元気の塊《かたまり》みたいな珠実を保育園に預けた爽香は、〈S文化マスタークラス〉と名称を変えた、カルチャースクールの立て直しに奮闘していた。黒字化の壁は、なお高く立ちはだかっているが、受講者は増えていた。中年女性に絶大な人気のある高須雄太郎《たかすゆうたろう》を、講師として招くのにも成功する。パンフレットの表紙絵は、売れっ子のリン・山崎《やまざき》に描《か》いてもらった。もっとも彼は、小学校の同級生だったが。ただ、プロジェクトは変わっても、殺人事件との縁《えん》は切れない。病を得た兄の家族との縁も……。［コバルトブルーのパンフレット］

父、杉原成也が倒れ一年以上経ったが、母の真江はまだ落ち込んでいた。兄の充夫の入院費や、兄の子供の綾香、涼《りょう》、瞳《ひとみ》の生活費の負担も、そろそろ限界である。

それでも、栗崎英子の八十歳を祝う会の相談を受けると、ついつい張り切ってしまう爽香である。会場は、ベテランのホテルマン・戸畑《とばた》のいるいいホテルだったが、そこに乗り込んできたのが、再建を任されたという村松《むらまつ》だ。戸畑もリストラの対象となってしまうが、部下の女性が失踪《しっそう》する。どうやらその再建には、何か裏がありそうだった。

爽香の気がかりは、夫の明男に内緒で引き受けたヌードのモデルである。描《えが》くのはリン・山崎だ。パンフレットの絵を安く引き受けてくれたので、モデルの依頼を断ることができなかった。そして結婚した三宅舞は、明男を忘れられず離婚を決意する。

ホテルをめぐる陰謀と家族のトラブルで悩む爽香だったが、祝う会で栗崎英子が、爽香が選んだ記念品のハンドバッグを手にして、「私の一番信頼する友人です」と言ってくれた。

私は支えられている――壇上で珠実をしっかり抱く爽香だった。［菫色《すみれいろ》のハンドバッグ］

〈S文化マスタークラス〉はなんとか再建の目処《めど》がついた。爽香は〈G興産〉に戻って、また新しいプロジェクトに……。そんな時、取引先の中年サラリーマンが、〈G興産〉との打ち合わせをすっぽかして、失踪してしまう。また、離婚した三宅舞は、明男を忘れられないようだ。またトラブルが爽香に接近か？

そして、リン・山崎に強く請《こ》われてモデルとなった裸体画が、思わぬ波紋を投げかける。画壇の最高権威である堀口《ほりぐち》が、「これは傑作だ」と展覧会への出展を薦《すす》めたからだ。それも、日本の美術界を展望する〈N展〉に！　八十九歳で、外出にはステッキも必要な堀口だが、爽香の裸体画に刺激を受けるのだった。

かくして巷《ちまた》に溢れる、爽香の裸体がアレンジされた展覧会のポスター。シングルマザーとして奮闘している浜田今日子に冷やかされたりもするが、もう爽香がどうこうできるものではなかった。いや、兄の家族のことなど、いろいろ問題を抱えている身には、なんとか早く、その嵐が去ってほしいと思うだけなのだ。

ところが〈N展〉のパーティで、とんでもないことが起こってしまう。そして、トラックの運転手をしている明男にも、とんでもないことが――。［オレンジ色のステッキ］

初出誌

「女性自身」（光文社）

二〇一二年　一〇月三〇日号、一一月二〇日号、一二月一八日号

二〇一三年　一月二九日号、三月五日号、三月二六日号、四月一六日号、五月二八日号、六月二五日号、七月一六日号、九月一〇日号、九月二四日号

光文社文庫

文庫オリジナル／長編青春ミステリー

新緑色《しんりよくいろ》のスクールバス

著　者　赤《あか》　川《がわ》　次《じ》　郎《ろう》

2013年9月20日　初版1刷発行

発行者　駒　井　稔
印　刷　萩　原　印　刷
製　本　ナショナル製本

発行所　株式会社　光　文　社
〒112-8011　東京都文京区音羽1-16-6
電話（03）5395-8149　編　集　部
8113　書籍販売部
8125　業　務　部

ISBN978-4-334-76618-4　Printed in Japan

組版　萩原印刷

お願い　光文社文庫をお読みになって、いかがでございましたか。「読後の感想」を編集部あてに、ぜひお送りください。

このほか光文社文庫では、どんな本をお読みになりましたか。これから、どういう本をご希望ですか。

どの本も、誤植がないようつとめていますが、もしお気づきの点がございましたら、お教えください。ご職業、ご年齢などもお書きそえいただければ幸いです。当社の規定により本来の目的以外に使用せず、大切に扱わせていただきます。

光文社文庫編集部

うぐいす色の旅行鞄〈27歳の秋〉

利休鼠《りきゅうねずみ》のララバイ〈28歳の冬〉

濡《ぬれ》羽《ば》色《いろ》のマスク〈29歳の秋〉

茜《あかね》色《いろ》のプロムナード〈30歳の春〉

虹《にじ》色《いろ》のヴァイオリン〈31歳の冬〉

枯《かれ》葉《は》色《いろ》のノートブック〈32歳の秋〉

真《しん》珠《じゅ》色《いろ》のコーヒーカップ〈33歳の春〉

桜《さくら》色《いろ》のハーフコート〈34歳の秋〉

萌《もえ》黄《ぎ》色《いろ》のハンカチーフ〈35歳の春〉

柿《かき》色《いろ》のベビーベッド〈36歳の秋〉

コバルトブルーのパンフレット〈37歳の夏〉

菫《すみれ》色《いろ》のハンドバッグ〈38歳の冬〉

オレンジ色のステッキ〈39歳の秋〉

新緑色のスクールバス〈40歳の冬〉

爽香読本　夢色のガイドブック　――杉原爽香、二十一年の軌跡

書下ろし短編「赤いランドセル〈10歳の春〉」収録

＊店頭にない場合は、書店でご注文いただければお取り寄せできます。
＊お近くに書店がない場合は、下記の小社直売係にてご注文を承ります。
（この場合は、書籍代金のほか送料及び送金手数料がかかります）
光文社　直売係　〒112-8011　文京区音羽1-16-6
TEL:03-5395-8102　FAX:03-3942-1220　E-Mail:shop@kobunsha.com

赤川次郎ファン・クラブ

三毛猫ホームズと仲間たち

入会のご案内

会員特典

★会誌「三毛猫ホームズの事件簿」(年４回発行)
会誌の内容は、会員だけが読めるショートショート(肉筆原稿を掲載)、赤川先生の近況報告、先生への質問コーナーなど盛りだくさん。

★ファンの集いを開催
毎年夏、ファンの集いを開催。賞品が当たるクイズ・コーナー、サイン会など、先生と直接お話しできる数少ない機会です。

★「赤川次郎全作品リスト」
500冊を超える著作を検索できる目録を毎年５月に更新。ファン必携のリストです。

ご入会希望の方は、必ず封書で、〒、住所、氏名を明記の上、80円切手１枚を同封し、下記までお送りください。(個人情報は、規定により本来の目的以外に使用せず大切に扱わせていただきます)

〒112-8011
東京都文京区音羽1-16-6
(株)光文社　文庫編集部内
「赤川次郎F・Cに入りたい」係

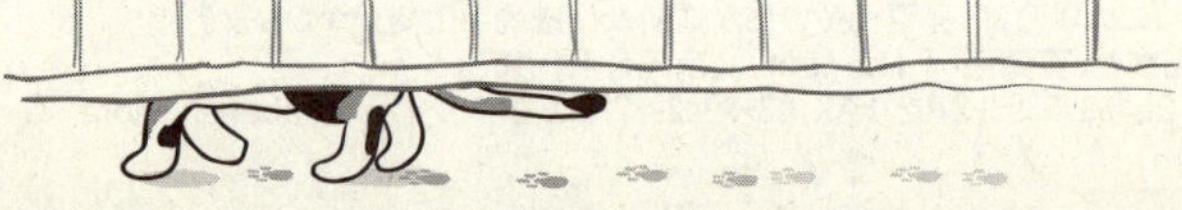